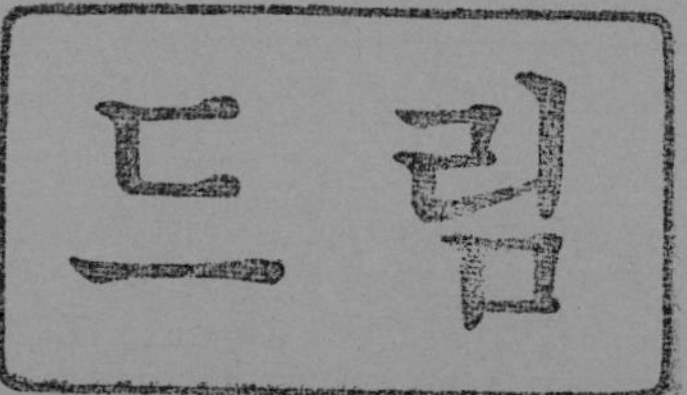

10분의 기적

10분의 기적

초판 **1쇄 인쇄** 2016년 7월 11일
초판 **1쇄 발행** 2016년 7월 20일

지은이 키아라 감베랄레
옮긴이 김효정

펴낸이 이상순
주간 서인찬
편집장 박윤주
제작이사 이상광
기획편집 김한솔, 한나비
디자인 유영준, 이민정
마케팅 홍보 이병구, 김수현
경영지원 오은애

펴낸곳 (주)도서출판 아름다운사람들
주소 (413-756) 경기도 파주시 회동길 103
대표전화 031-955-1001 **팩스** 031-955-1083
이메일 books777@naver.com
홈페이지 www.books114.net
문학테라피는 (주)도서출판 아름다운사람들의 임프린트입니다.

10분의 기적

키아라 감베랄레 지음 | 김효정 옮김

문학테라피

차례

압에게, 그가 앞으로 경험할
미래의 일 분 일 분을 위해.

모든 인간은 잠재력을 가지고 있으며,
그것을 통해 세상을 알 수 있다.

루돌프 스타이너

하루
10분 게임

나는 로마 외곽의 시골집에서 살았다. 처음에는 부모님과 살았고, 나중에는 몇몇 동거인들과 살았으며, 다음에는 미래의 남편이 될 남자와 살았다. 결혼한 지 10년 되었고, 8년 전부터는 주간지 칼럼, 「일요일 점심」을 맡고 있었다. 그 덕에 일요일마다 지극히 평범하거나 조금 특별한, 아무튼 그럭저럭 환경이 비슷한 집에 가서 점심을 먹고 그것을 글로 썼다.

남편은 2011년 10월부터 2012년 9월까지 1년 동안을 로마로 이사 가자고 고집을 피우더니 대학원 공부를 하겠다며 더블린으로 떠났다. 그리고 돌아오기로 한 전날, 전화로 돌아오지 않겠다고 했다. 남편은 잘 지내고 있었다. 한동안 소식이 뜸해도 걱정할 필요가 없었다. 오히려 내가 없는 편이 더 좋다는 것을 알았으리라. 아무튼 남편은 휴직을 해야 했고, 우리는 따로 살아야 했다. 생각이란 것도 해야 했다. 아일랜드에서. 혼자.

그 사이 남편만큼 감정이 무딘 주간지 국장이 한마디 상의도 없이 내 칼럼을 타냐 멜로디아의 「마음의 편지」로 바꿔 버렸다. 타냐 멜로디아는 이탈리아판 빅브라더 방송의 최종 우승자였다.

나의 모든 것이 무너져 내렸다. 내 안의 모든 것이 무너지는 동안 아버지와 어머니, 동생과 친구들은 그들의 일상에서 빠져나와 번갈아 가며 내 옆에서 잠을 잤다. 함께 영화관이나 공원, 노래방, 축구장에 갔고, 여름휴가 갈 때도 나를 끼워 주었으며 쓸데없이 긴 전화통화도 마다하지 않았다. 나는 '너'를 주어로 하지 않는 이야기(어떻게 지내니? 무슨 생각해? 뭐 해? 그동안 잘 살았어?)는 안중에도 없었고, '나'를 주어로 하는 괴로운 이야기(못 살겠다. 기분이 안 좋아. 죽고 싶어. 이제 어떻게 하지?)로 그들을 괴롭혔다.

그러나 전화를 끊으면 그들에겐 돌아갈 일상이 있었다.

나의 일상만 사라졌다. 헤지고 상처 입은, 형체 없는 덩어리가 그 자리를 차지했다. 길을 잃고 방황하는 수밖에 없었다.

참기 힘든 고통의 순간이 지나고 나니 옆에는 아무도 남지 않았다.

침대에 누워 잠들기 전이면 이대로 눈을 감은 채 다음 날 깨고 싶지 않았다.

큰 사랑을 느껴야 해서 큰 사랑을 느꼈고, 최고의 소설을 써야 해서 최고의 소설을 썼지만 앞으로는 심오한 마음을 표현할 수 있는 소설을 못 쓸 것만 같았다. 심오한 감동을 느낄 만한 것을 전혀 경험하지 못했기 때문이다. 매주 월요일 정신과 의사 T박사에게 상담을 받을 때마다 이렇게 말했다. "쓸 얘기도 없고, 살아갈 이유도 없고, 착각일망정 가족이 될 사람이 없는데, 뭐 하러 살죠?"

12월의 어느 날, 루돌프 슈타이너에게 영감을 받기도 했지만, 도무지 진전이라고는 없는 나 때문에 화가 났던 박사님은 상담이 끝날 무렵 불쑥 이렇게 말했다. 흥분하기도 했고 뭔가에 매혹된 것 같기도 했다.

"게임 하나 하실래요?"
"······."
"한 달 동안. 지금 당장 시작하죠. 하루에 10분만 생전 하지 않았던 일을 해 보세요."
"네?"
"뭐라도 좋아요. 지난 35년 동안 한 번도 하지 않은 일이면 뭐든

됩니다."

"36년이에요."

"그래요, 36년. 새로운 일이면 뭐라도 좋아요."

"한 달 동안."

"그래요."

"10분간."

"10분간."

"그게…… 효과가 있을까요?"

"당신에게 달렸어요. 게임은 진지한 사람들이 하는 겁니다. 일단 게임을 할 생각이 있으면 단 하루도 거르면 안 됩니다."

"한 달이 지난 다음에는?"

"뭐가요?"

"한 달 후에 내가 얻는 게 뭐죠? 예전처럼 다시 살아갈 힘이 나나요?"

"그건 한 달 후에 말하기로 해요, 키아라 씨. 부탁인데, 게임을 하는 동안에는 게임에 집중하고, 속이지 말아요. 그럼 안녕히 가세요."

"안녕히 계세요."

나는 더 이상 잃을 게 없었다. 그게 문제이긴 했지만.

이번 기회에 게임이나 한번 해 보자.

매일 10분간, 게임을 하는 것이다.

그리고 나는 한 달 동안 일기를 쓰기 시작했다.

자홍색 매니큐어

T박사의 병원은 로마 시내에 있다. 남편이 더블린에서 전화하기 두 달 반 전, 우리는 로마로 이사를 했고, 병원은 우리 집에서 멀지 않은 곳에 있다.

병원에서 집으로 가는 길에 크리스티나와 티치아나의 미용실이 있다. 꼭 집어 이유를 말하기 힘들지만, 나는 로마가 싫다. 더구나 남편이 떠난 뒤로는 끝도 없이 나를 위협하던 이 도시에서 그나마 빨리 친해진 유일한 사람들이 크리스티나 그리고 티치아나다.

나는 비카렐로에서 자랐고, 언제나 그곳에서 살았다. 비카렐로는 로마에서 한 시간 가량 떨어진 작은 마을이다.

비카렐로에서 살면서 많은 일을 겪었다. 슬픈 일도 있었고, 기쁜 일도 있었다. 바가지머리를 한 적이 있었고, 긴 머리도, 짧은 머리도 해 보았다. 홍역을 앓기도 했고, 무릎이 깨진 적도 있었다.

열 살에는 악몽을 꾸었고, 열다섯 살에는 엄청난 비밀을 간직했고, 스무 살엔 절망했으며, 스물다섯 살에는 경악했다. 그 사이 어머니는 요리를 했고, 아버지는 집을 들고났고, 동생이 태어났다. 고양이와 개가 살았고, 또 다른 개와 동거인, 또 다른 동거인, 역시 또 다른 동거인과 함께 살았다. 나는 사랑에 빠졌고, 또 사랑받았다. 그러나 곧 거절당했다. 버림을 받기도 했다. 그러나 곧 다시 만났다. 그러다 지겨워졌고, 싫증이 났으며, 애정을 받다가 정신을 잃어서 바보가 되었으며, 아내가 되었다.

아무튼 늘 보호를 받고 있었다.

현실의 폭력으로부터 말이다.

책임 있는 진짜 어른이 되지 않아도 됐다. 적어도 저 아래 고향에서 살 때까지는 늘 누군가의 보호를 받았다. 텃밭 하나만 건너면 부모님 집이잖아. 그렇게 사는 한 모든 것은 속임수라고. 무슨 말인지 알겠어? 사람들은 그렇게 말하곤 했다.

사실 전기 설비가 부식되어 비카렐로의 고향집을 전면 재건축하지 않았다면 결단코 로마에 가지 않았을 것이다. 하지만 시간이 걸렸다. 인부들이 그랬다. 시간이 조금 걸린다고. 그럼 우리 몇 년 간 로마에서 살까? 토마토 세 그루만 지나면 만날 수 있는 거리가 아니라 부모님으로부터 멀리 떨어져서 사는 것도 괜찮지 않을까? 그러니까 외곽이 아니라 시내에서 사는 거야(출퇴근하느라 차안에서 두 시간이나 운전했는데, 그 대신 걸어서 갈 수도 있어. 자기는 운전도 못하는데 기차에 죽치고 있는 것보다는 낫잖아). 비카렐로의 집을 팔고 로마에서 하나 살까? 남편은 그렇게 제안했다.

좋다고 대답했다. 비카렐로를 떠나야 한다면, 어딜 가든 마찬가지였다. 남편이 옆에 있는 걸로 충분했다.

그러나 그로부터 석 달도 지나지 않아 남편은 나를 혼자 두고 떠날 것이다.

이 빌어먹을 도시, 빌어먹을 동네, 빌어먹을 집에다 나 혼자 버려두고.

나 자신이 누구인지도 모르는 상황에 처하고 보니 로마의 소음은 거슬리도록 심했지만 이슬라 미용실은 섬처럼 고요했다. 크리스티나와 티치아나는 성급한 호감을 보이지도 않았고 친절하게 굴지도 않았지만 직업이 다양한 이웃들에게 차별 없이 평범하게 대해 주었다.

티치아나는 진지할 때도 항상 유쾌했다. 눈이 크고 표정이 동적이어서 명랑 만화의 주인공 같다. 잘 깨닫기는 어려워도 티치아나를 보고 있으면 뭔가 특이한 느낌을 받는다. 이를테면 인간의 궤변과 하느님을 떠올리게 된다.

크리스티나는 미용실 주인이며, 말이 많지 않다. 검은 눈이 영리해 보인다. 독서를 좋아하고 바닷물에 다이빙하는 걸 좋아한다. 마치 자기 자신에게 몰두하듯.

병원을 나와서 벨을 누르자 크리스티나가 문을 열어 주었다.

"시간 있어?"

"얼마나?"

"10분."

크리스티나와 티치아나는 제모도 받지 않고, 마사지도 한 번 안 하러 온다며 나를 늘 나무랐다. 미용사가 도약할 기회를 주지 않는단다. 고객을 그나마 단정하게라도 꾸며 주는 것보다 미용사에게 더 큰 만족을 주는 것은 없다고 한다.

"오케이, 들어와." 크리스티나가 말했다.

10분 게임을 설명하자 크리스티나의 눈이 위험하게 반짝거렸다. 크리스티나는 서랍을 뒤지더니 매니큐어 컬렉션을 꺼냈다. 나는 살짝 겁이 났다.

크리스티나는 자홍색 매니큐어를 고른다. 반짝이가 들어 있다.

나는 더욱 겁이 났다.

"손톱에는 싫은데."

"손톱에 발라야지. 손톱과 발톱. 10분 더 걸리는데 그래도 괜찮지? 신발을 벗고 앉아."

신발을 벗고 앉았다.

내 눈은 검은색 매니큐어만 물끄러미 보고 있었다. 선뜻 내키지 않았다.

자기는 작가잖아. 그러니 자신을 이해하기 위해 소설을 쓰는 예민한 여자로 보이고 싶지 않을 거 아냐. 차라리 초췌하고 심각하고 창백한 얼굴로 뭔가에 몰두하는 진지한 지식인으로 보이고 싶잖아. 크리스티나와 티치아나는 늘 그렇게 말했다.

그러면 늘 이렇게 대꾸했다.

밝은 색은 너무 환해서 견디기 힘든 현실을 비춰 주는 것 같아.

장인어른이 첫 아이로 아들을 원하셨기 때문에 당신은 너무 여성적인 게 싫었겠지. 아버지를 실망시켜 드리고 싶지 않았던 거야. 남편은 그렇게 말하곤 했다.

크리스티나가 발톱에 베이스코트를 바르기 시작한다.

"10분 게임이 무슨 소용이 있는데?" 크리스티나가 묻는다.

"나도 몰라. 의사가 이유를 말해 주지는 않았어. 정신을 집중하고 공허한 마음을 채우는데 도움이 되겠지. 요즘 생활이 엉망인데 정리가 될 거라고 생각하나 봐."

"전남편 때문에 계속 혼란스러워하고 공허해 하는 것보다는 백배 낫겠다." 크리스티나는 내 남편을 썩 좋아하지 않았다. "자기가 여기 처음 왔을 때부터 남편하고 문자로 싸웠잖아. 자기는 무슨 이유로 싸우는지 설명하지도 못했어. 그래서 자기 부부는 오래 갈 수가 없는 거야."

여름이 지나고 남편이 다시 내게 접근하고 있다는 말을 차마 용기가 없어 크리스티나에게 털어놓지 못했다.

남편이 드디어 더블린에서 돌아왔다. 그냥 그렇게 말하기로 하자.

사실 남편은 더블린에 3주밖에 머물지 않았다.

석사과정 중에 만난 통역사, 시오반에게 싫증이 났던 것이다. 그래서 뉴욕으로 떠났다. 남편은 감미로운 고독을 홀로 즐기며, 때로는 죽고 싶다는 생각을 하다가 때로는 살고 싶다는 생각을 했다. 9월이 될 때까지 재즈 카페에서 칵테일을 마시며 시간을 보냈다.

휴직 기간이 끝나자 동료의 집에서 방 한 칸을 빌렸으며, 다시 회사로 돌아가 가장 유능한 변호사로 일하고 있었다.

며칠 후 남편은 법원에서 그가 변호하는 피고인의 딸을 만났다. 머리를 길게 땋은 소녀는 잔뜩 겁먹은 표정으로 기린 인형을 꼭 안고 있었다. 세상에 믿을 것이라곤 인형밖에 없는 듯, 그것만이 희망을 줄 수 있는 듯이 말이다.

그때 남편은 심장이 미친 듯이 뛰기 시작했고, 관자놀이에서는 식은땀이 흘렀으며, 이내 의식을 잃었다. 다시 정신을 차리고 보니 법정에서 쓰러진 남편의 다리를 의뢰인이 추켜들고 있었다. 공황발작이 일어났었다.

어린 소녀를 보니 갑자기 누군가 떠올랐던 것이다.

바로 그의 아내였다.

남편과 나. 우리는 열여덟 살에 서로를 알게 되었다.

우리가 다니던 고등학교는 학교마다 심리상담가를 파견하는 교육부 사업에 참가했다.

각 반 담임선생님들은 심리 상담이 필요하다고 생각한 학생을 한 달에 한 명씩 보고해야 했다.

처음 보고된 학생들 그룹에 우리 둘이 있었다.

"넌 여기 왜 왔어?" 남편이 물었다.

"내가 보기엔 내가 너무 많이 먹어서 문제인데, 부모님과 선생님들은 내가 전혀 먹지 않는다는 거야. 너는?"

"우리 엄마가 점쟁이한테 빠져서 나와 아버지를 버렸거든."

"…… 안 됐다."

"별로. 난 아무 상관없어."

"근데 왜 여기 왔어?"

"선생님들은 내가 신경 쓴다고 생각하나 봐. 네 땋은 머리가 정말 길다."

"넌 눈동자가 밝은 갈색이구나."

그때 이미 모든 일이 벌어지고 말았다.

우리는 함께 자랐다. 모두가 그렇게 생각했고, 우리도 그렇게 생각했다.

그러나 사실 함께 자랐다고 당연히 함께 할 수 있는 건 아니었다. 우연도 있고 마법도 있었기 때문이다. 그러니 잘 살펴보아야 한다. 두 사람 중 하나가 다른 한 사람보다 조금 더 빨리 가 버리면, 다른 사람은 그를 좇아가기 보다는 우울함에 빠져 다른 곳으로 달려가고, 또 뉴욕으로 달려간다. 나중에 다시 만나면 남는 건 재앙뿐이다.

더블린에서 남편이 전화하기 몇 달 전부터 우리의 사랑은 삐걱거렸고 실망을 안겨 주었다. 이제 남편은 다시 시작하려고 한다. 그는 더블린, 뉴욕, 로마를 오가느라 짐을 거듭 싸고 풀었다. 남편은 그렇게 나와 떨어져 있던 중 그 어느 때보다 우리가 하나라고 느꼈다고 말했다. 그런 적은 처음이라고. 그의 말을 로맨틱한 고백으로 생각해야 할까, 아니면 병리적인 증상으로 해석해야 할까. 잘 모르겠다.

"자기도 알잖아. 더 오래 갈 수 없었다는 걸 말이야." 크리스티나가 자홍색 매니큐어를 잡으며 말한다. 겁이 났다. "정말 섹시한데." 크리스티나가 말한다.

"섹시해 보이네. 하지만 초조한 걸 어떡해."

크리스티나가 오른발 엄지발톱부터 시작한다. 도와줘.

"자, 그만 좀 투덜거려. 드디어 새 소설을 쓰고 있지? 그 소설에 집중해."

두 번째 발가락. 그리고 세 번째, 네 번째.

"자기 말이 맞아, 크리스티나. 하지만 소설도 복잡해. 실마리가 안 잡혀. 간단히 말하면 두 여자 이야기야. 마트에서 서로의 쇼핑을 염탐하고 서로의 인생을 질투하지. 한 명은 여배우인데 마음을 잡지 못하고 방황을 해. 열정이 넘치지만 안정을 얻지 못하지. 또 다른 여자는 안정을 찾았다고 믿는 가정주부야. 하지만 어느 순간 그 안정 때문에 숨이 막히지."

"괜찮은데."

새끼발가락. 저것 좀 봐. 발톱이 너무 작아서 물어뜯긴 것 같군. 자홍색이라니. 정말 못 봐주겠네.

"그런데 문제가 있어. 다행인 건, 방황하는 여자가 무슨 생각을 하고 무엇을 느끼는지 정확히 알겠는데, 가정주부 에리카의 느낌이 무엇인지 명확하게 말해 주는 표현을 못 찾겠어. 에리카 이야기를 쓸 때 어떤 확실한 단어가 있어야 그녀의 마음에 들어갈 수가 있는데, 그 말이 뭔지 모르겠어."

이젠 왼쪽 발톱을 칠하자.

"가정주부가 어떤 곤경에 빠졌는데?"

"곤경이 문제가 아니라…… 그건 느낌 같은 거야. 자기는 인생을 진정 나의 것으로 생각하잖아. 그런데 그 인생에 자기 자신은 빠진 것 같으면?"

오른손으로 가자.

"물론 알지. 마치 진공상태에서 걷는 것 같은 기분 말이지. 그런 느낌 말이지."

진공상태에서. 걸어가기. 진공상태에서 걷기.

나는 숨이 막힌다. 작은 자루 같은 곳에서 몸은 몸대로 붕 뜨기 시작한다. 그리고 세상은 자루 밖에 있다.

에리카가 느끼는 것이 그럴까? 그럴까?

자, 이제는 왼손으로.

첫 번째 10분이 지났다.

스무 개의 손톱과 발톱이 자홍색으로 반짝거린다. 당황스럽다.

마음에 들지 않는다. 아니 마음에 들지도 모른다. 내 것 같지 않고 낯설다. 그러나 내게 무심한 바로 그 순간이 나쁘지 않았다.

어쨌든 10분 게임 덕분에 에리카의 내면을 파고 들 수 있는 키워드를 찾았다.

요즘 들어, 뭐랄까, 마치 진공상태에서 걷는 기분이다.

에리카에게 딱 맞는 멋진 표현이다.

마트를 배경으로 하는 소설에 완벽한 표현이다.

물론 게임 덕분이 아니라 크리스티나 덕분이다.

하지만 게임이 없었다면, 오늘 미용실에 오지 않았을 것이다.

그러니.

어쨌든.

게임을 계속할 만한 가치는 있다.

로마 시내 헬스장

비카렐로에서 헬스장은 헬스장일 뿐이었다. 그런데 로마에 이사 오고 보니 헬스장은 내가 로마에 거부감을 느끼는 수많은 이유 중 하나가 되었다.

비카렐로는 시골 마을이라 생활에 필요한 것이 있기보다는 자연 풍경이 아름다운 곳이다. 그러나 로마 시내는 번듯한 헬스장처럼 큰 공간에 자리를 내어 주기 때문에 아름다운 풍경을 기대하지 못한다.

"여기는 모두 좌파야!" 하며 남편에게 한탄하곤 했었다.

"당신도 좌파잖아."

"그래. 그래도 헬스장은 그냥 헬스장이지. 우리 집 아래층에 있는 헬스장 가 봤어? 헬스장이 아니라 사교클럽 같다니까. 주인 여자도 그래. 지적인 태도하며, 똑 부러진 말투까지 꼭 도서관 사서 같아.”

“당신은 그런 사람들을 좋아하잖아.”

“헬스장에서는 아니라고! 헬스장에서는 운동만 하고 싶어. 운동기구를 베이비시터 삼아 내 예민한 신경을 달래고 싶을 따름이야. 러닝머신을 하다가 옆 사람을 보며 거식증 환자를 떠올리고 싶지 않다는 거지.”

“당신도 그런 문제가 있었을 텐데…….”

“맞아! 바로 그것 때문이야. 문제를 해결하자고 그곳엘 가는 게 아니야. 그냥 딴 생각이 하고 싶다고. 나와 다른 사람들을 보고 싶어. 나보다 더 나은 사람들! 알겠어? 그저 헬스를 하고 싶어서 헬스장에 가는 사람들 말이야. 나랑 똑같은 사람들 말고. 나는 사람들 눈에 띄지 않고 조용히 있고 싶어. 나처럼 스스로 괴롭히며 사는 여자들은 만나기 싫어. 어떤 수면제가 좋은지, 미국 작가 데이비드 포스터 월리스가 왜 자살했는지, 누가 더 많이 그를 추억하는지 경쟁적으로 말하는 것도 싫어. 운동하는 것도 싫은데 말이야!”

“그럼 여기 말고 다른 데도 헬스장이 있겠지. 아무튼 당신이 알아서 해.”

당신이 알아서 해.

그즈음 말다툼을 할 때마다 남편은 이야기가 자신과 관련이 없는 것 같으면 그런 말로 대화를 끝내곤 했다.

그건 나도 마찬가지였다. 반대의 상황이 벌어져 남편이 내가 관심 없는 이야기를 하면 나도 그런 말을 했다.

당신이 알아서 해.

자제심을 잃을까 두려워하는 마음이 맞서 견뎌 내고 싶은 마음보다 앞설 때 사람들은 그렇게 침묵한다.

어쨌든.

6월까지는 알아서 했다. 헬스장의 탈을 쓴 사교클럽에 가서 베이비시터 같은 운동기구와 씨름하는 대신 주간지 칼럼「일요일 점심」에 소개할 가정을 방문했다.

몇 시간 동안 로마 시내를 걸어서.

그런데 7월에 잡지사에서 해고되고 나니, 찾아갈 가정도 이젠 없었다.

불면증에 시달렸기에, 동화에서나 나올 법한 베이비시터가 밤마다 필요했다.

10분을 투자해 뭔가 새로운 일을 해야 한다.

로마 시내 대형 헬스장. 잠을 깨자마자 자홍색 매니큐어가 칠해진, 아직도 조금은 낯선 손톱으로 구글에서 검색을 했다.

첫 번째 사이트를 클릭했다. 바르베리니 가에 위치한 로열클럽 헬스장.

밖에는 비가 내리고 날은 추웠지만, 내 마음은 이미 그곳에 가 있었다.

아니 그보다 더 나았다.

내 발이 그곳에 가고 있었다.

비카렐로와는 달리 헬스장이 엎어지면 코 닿을 거리는 아니다. 하지만 앞으로 1년을 더 살아야 할 집인데도 아직 체념하고 적응하지 못하는 나를 생각하자. 널찍한 시골길과, 남편과, 주간지 칼럼을 평생 보장받기를 원했던 나를 생각하자. 집에서 그리 먼 거리도 아니다. 지하실에 있는 데다 공간이 협소했던 집 근처 헬스장과 달랐다. 규모가 크고 사람들도 정치에 무관심했다. 러닝머신에서는 늘씬한 다리에 한여름인 듯 몸을 태운 여자가 요즘 유행하는 '이 옷을 벗으면 내 몸은 더 근사하지'(SENZA SONO MEGLIO)라고 쓰인 티셔츠를 입고 있었다. 입회 신청서를 쓴 다음 오늘도 10분을 채우고 집에 돌아올 나를 생각하자.

바이올린

오늘도 힘겹게 침대에서 일어나 여전히 낯선 자홍색 손톱을 한 채 커피를 준비하고, 소설을 썼으며, 새로 등록한 헬스장에 처음으로 갔다.

러닝머신 30분, 자전거 15분, 복부운동 20분을 했다.

좌골신경통을 치료하기 위해 개인 트레이너와 운동하고 있는 아저씨를 빼면 아무도 없었다. 여섯 대의 텔레비전 중 세 대에서 도전 요리사를 방영하고 있었고, 두 대는 티비 홈쇼핑, 나머지 한 대는 라이 스포츠 방송이 나오고 있었다. 나와 꼭 닮은 사람은 아무도 없었으니, 로열클럽이 당장은 나를 배신하지 않은 셈이다.

집에 돌아와서 소설을 조금 쓴 다음, 롤케익과 요구르트를 먹었다. 점심밥과 저녁밥을 보통 사람들처럼 챙겨 먹는 남편이 떠난 뒤로 늘 그렇게 먹었다. 사실 여느 사람처럼 식사를 준비하는 것이 여간 힘든 일이 아니다.

이윽고 로드리고가 벨을 눌렀다. 잘생긴 얼굴에 어울리지 않게 항상 문제를 복잡하게 생각하는 로드리고가 왔다.

내 안에 뭔가 있지/ 그건 잘못 됐지/ 하지만 우리는 닮았지

로드리고가 연주자로 활동하는 그룹, 애프터아워스의 노래이다. 로드리고는 그룹과 관련된 모든 이야기를 내게 시시콜콜 말해 준다.

"내 친구."

"내 친구."

로드리고가 내 소설 북트레일러 사운드트랙을 작곡했을 때 만났으니 우리가 아지는 한 2년 정도 됐다. 그러나 우리는 아주 오래 전부터 친구였던 것 같다.

로드리고는 브라질 상파울루에서 태어났으며, 이곳저곳 옮겨 다니며 살다가 당분간 밀라노에서 지내고 있는데, 로마에 올 일이 있으면 우리 집 소파에서 잠을 잤다.

아니, 내 집 소파 말이다.

나는 아직도 내가 혼자라는 사실에 익숙하지 못하다. 특히 이 집과 관련된 경우에는 더욱 그러하다. 처음 몇 달간은 어쩔 수 없었지만, 이제는 게으른 탓도 있어서 집이 점점 노아의 방주로 변

해 가고 있다. 고독이라는 대홍수로부터 사람을 보호하고 특별한 종류의 동물들, 즉 자신의 선택으로 싱글이 된 사람, 원래 싱글이었던 사람, 우연히 싱글이 된 사람, 버림받아 싱글이 된 사람이 편히 쉴 수 있는 곳.

비카렐로에 살 때는 늘 문을 활짝 열어 놓고 살았다. 문을 꼭 닫을 때는 남편과 함께였다. 이제 문을 닫을 때면 때로는 누군가에게 문을 열어 주기 전보다 더욱 외롭고 공허했다.

나는 요즘 길을 잃은 사람들이 본능적으로 서로를 알아본다는 것을 깨닫게 되었다. 가정이 행복하고, 사이가 좋은 커플들, 사이가 좋지는 않지만 어쨌든 이별하진 않은 커플들, 그들이 주말이면 습관적으로 하는 달콤한 활동을 요리조리 피하면서 말이다.

그러나 길을 잃은 사람들끼리 붙어 있어도 공허함이 사라지기는커녕 더욱 커지는 듯하다.

지난 몇 달간 항상 만났던 친구들 대신 그들의 친구들, 그 친구들의 친구들까지 알게 되었고, 이제는 많은 친구들이 내 집에 들러 커피를 마시거나 축구경기를 보거나 안부 인사를 한다. 친구들은 떠났다가 돌아오고, 또다시 떠난다.

아무 것도 할 일이 없다. 문을 닫을 때면 한층 외롭다.

떠났다가 돌아오는 대신, 로드리고가 지금 머물듯이 누군가 내 집에 계속 머문다면 어떨까.

"요즘 어떻게 지내?"

“모든 게 엉망이야. 남자도 없고, 일도 없고.”

“그래도 소설은 쓰잖아. 그게 네 일이지, 뭐.”

“그거야 열정으로 쓰는 거고.”

“열정을 다해 하고 싶은 일을 직업으로 삼고 있으니 다행이야. 항상 명심하고 있어. 바이올린을 연주하며 사는 게 얼마나 다행인지 몰라.”

늘 그랬던 것처럼 로드리고의 말이 옳다.

“그래도 잡지 칼럼 덕분에 규칙적인 생활을 할 수 있었어. 알겠어? 스케줄이었고, 공허함을 막아 주는 둑 같은 거였지. 더구나 혼자…….”

“네 남편은 떠났어. 키아라, 이제 그만해! 거의 1년이 지났잖아.”

“알았어, 너도 그만해. 나보고 어쩌라고? 공허함을 잘 다스려 제 자리에 조용히 두게 도와줄 버팀목이 없다면 글 쓰는 일도 위험해. 자칫 공허에 빠질 수도 있거든.”

“그럼 공허와 정면으로 마주해 봐.”

“추악해.”

“뭐가?”

“공허함이 지닌 두 눈.”

“공허함이 어때서. 그건 단지 편견일 뿐이야.”

“너와 나는 왜 서로 사랑에 빠지지 못했을까?”

“그거야 모든 걸 망치지 않으려고 그랬겠지.”

“그렇군.”

“그래.”

우리는 산책을 나갔다. 어제 내린 비로 구름이 말끔히 사라졌고, 하늘은 완전히 자신감을 회복하여 푸른색을 뽐내는 듯했다.

로드리고는 애프터아워스의 최근 음반인 「파다니아」 발매를 기념하는 즐거운 투어, 요새 만나는 어떤 특별한 여자, 그리고 팔의 통증에 대해 이야기했고, 힙합의 세계가 얼마나 은밀하고 매력적인지도 말해 주었다.

더블린에서 걸려온 남편의 전화를 받고 난 후 처음 며칠 동안은 누군가 내게 말을 해도 그의 입만 물끄러미 쳐다보았을 뿐 아무 얘기도 들을 수 없었다. 네 남편은 떠났어, 네 남편은 떠났어, 사람들은 모두 그렇게 말했다.

그리고 한 달이 지나고, 또 한 달이 지나고, 또 한 달이 지났으며 4개월, 5개월, 6개월이 지나 여름이 되었다. 절친한 친구들 중 가장 절친한 잔피에트로가 그의 애인과 나를 포르멘테라 섬에 데려갔다. 무슨 일이 일어난 건지 나는 차마 말로 표현하지 못했다(사실 2주 내내 혼자 베란다에서 담배만 피우고 있었다). 무슨 일이 생긴 건지 도무지 말로 옮겨지지 않았지만, 일은 이미 벌어진 뒤였다. 8월의 어느 날 아침잠을 깼다. 바다는 그대로였고, 하늘도 그대로였고, 잔피에트로는 잔피에트로였다. 바다가 있고, 하늘이 있고, 잔피에트로가 있다는 걸 깨달았다. 또한 내가 살아남았다는 사실을 알았다. 다시 숨을 쉬고, 음식을 먹고, 글을 쓰기 시작하면서 나 또한 남편을 배신한 듯해서 처음에는 기분이 썩 유쾌하지 않았다.

정확히 말해 나는 생존했다.

그동안 번번이 뒤로 넘어졌고, 어쩌면 구르기도 했을 것이다.

로드리고의 말을 듣는 것이 경이로웠다. 머릿속이 텅 비지도, 마음이 쓰라리지도 않은 평범한 목소리를 듣고 있으면 여전히 깜짝깜짝 놀란다. 정말이지 로드리고의 목소리였다.

로드리고에게 10분 게임 이야기를 하다 보니 바로 오늘의 새로운 도전을 찾게 되었다.

"맙소사. 그걸 한 번도 해 본 적이 없다니." 로드리고가 말했다.

"해 보라고 한 적도 없잖아."

"하겠다고 한 적도 없잖아."

바이올린이 무척 무거울 줄 알았다.

실은 아주 가벼웠다. 케이스에서 바이올린을 꺼낼 때는 흠집을 낼까 두려울 정도였다.

10분 동안 자세만 간신히 배울 수 있었다. 이건 기술이 아니라 아름다움의 문제라고 로드리고가 말했다. 아무튼 두 팔 사이에

바이올린을 들고 있는 동안만큼은 아름답게 보여야 했다. 높이도 적당히 유지해야 했다. 그다음에는 왼손의 위치를 잡아 주고, 오른손으로 활을 잡게 하여 현 위에서 잡아당기도록 했다.

소리를 냈다. 음을 연주하는 법을 배울 시간은 없었지만, 마침내 로드리고가 왜 그렇게 가벼운 악기를 고집하는지, 최선을 다해 연주하는지 이해할 수 있었다. 자기 스스로 먼저 감동을 받고, 그다음에는 그의 음악을 듣는 사람들에게 감동을 주기 위해서이다.

우리도 모두 그것을 느낀다. 그래서 콘서트에서 적당한 때에 박수를 치는 것을 당연하게 생각한다.

인간은 세상에 태어나 아름다운 악기를 선물로 받는다. 그러니 우리는 그만큼 고귀해져야 한다.

바이올린은 아름답기도 하지만 매우 섬세하다. 그러니 그것을 효과적으로 사용하기만 하면 되는 것이다.

12월 6일, 목요일
일출 7시 23분 – 일몰 16시 39분
하현달 16시 33분

누텔라잼을 바른 팬케이크

"여보세요?"

"나야."

"그래, 안녕."

"안녕, 미스터 마구." 남편은 나를 늘 그렇게 불렀다. "뭐해?"

"소설을 쓰고 있어."

"점심 시간이라 쉬고 있는데. 나한테 올래?"

"왜?"

"이 말은 해야겠어, 마구. 어젯밤 꿈을 꿨어."

"응?"

"우리는 비카렐로에 있었는데, 정원에 너구리 두 마리가 뛰어

들어 왔지 뭐야. 코스타리카에 갔을 때 너구리 본 거 기억나?”

“물론 기억나지.”

“꿈에서 우리는 웃고 있었어. 너구리랑 같이 깡충깡충 뛰었지. 잠을 깨고 나서는 비참한 기분이 들더군.”

“이혼한 뒤이긴 하지만, 당신도 꿈의 세계에 들어간 걸 축하해. 아주 멋진 꿈일수록 깨고 보면 악몽 같지.”

“마구.”

“응.”

“우리는 결혼을 끝내서는 안 돼.”

“이미 끝났어.”

“아니야. 어쩔 수 없이 그런 행동을 했고, 끝내 집에서 나왔지만, 내가 괴물이라서 그런 건 아니야……, 난 너무 불행했어, 마구. 너무.”

“그건 나도 마찬가지야. 그렇다고 아홉 달씩이나 떠나 있진 않았을 거야. 당신을 버려두지도 않았겠지.”

“내가 떠난 덕분에 우리가 재결합할 수 있는 가능성이 있는 게 아닐까?”

“문제는 당신이지.”

“아니. 당신이 문제야. 로마에 이사 왔을 때부터, 당신은 정말이지 참아 줄 수 없는 사람이 됐어. 참을 수가 없었다고. 항상 불만이고, 항상 예민하고, 더욱 짜증을 냈지.”

"내가 변화를 두려워하는 걸 당신도 알잖아."

"난 당신이 무서웠다니까."

"무서워하는 대신 나를 도와줄 수도 있었잖아. 아무튼 이사한 것 때문에 힘들었던 것은 아니야. 내가 괴로워서 우리가 이혼한 것은 더더욱 아니고."

"당신 말이 맞아. 사실 진짜 이유는 당신이 성장한 것에서 찾아야 돼. 내가 어떻게 생각하는지 당신도 알잖아. 당신이 소설을 쓴다고 했을 때부터, 그 빌어먹을 잡지사 원고를 쓰기 시작했을 때부터, 당신이 자아실현을 했다고 느꼈을 때부터, 난 상담실에서 만났던 갈래머리 소녀가 날마다 조금씩 죽어 가는 걸 봤어."

"그때 난 열여덟 살이었어. 지금은 서른여섯 살이고."

"계속 열여덟 소녀로 남아 있을 순 없을까? 그 여리디 여린 소녀는 어디로 간 거야?"

"그 소녀는 병리학적 불안감으로 망가져 버렸어."

"그래도 소녀는 순하디 순했어. 전화로 이별을 통보할 정도로 시오반에게 마음이 돌아섰던 이유가 뭔지 알아?"

"알고 싶지 않아."

"유순한 성격 때문이야. 시오반은 이탈리아어 자료를 영어로 번역했어. 번역을 끝낸 다음에는 요가를 하러 갔지. 친구들과 가볍게 술 한잔 한 다음에 저녁에는 특별한 팬케이크를 구웠지. 조용하게 구웠어. 짜증도 부리지 않았고, 잔소리도 없었어. '우리 애기 좀 하자.' 하는 말도 없었고. '당신 어머니가 점치는 여자와 도 망친 사실을 인정하지 못하기 때문에 그런 행동을 하는 거야'라고 말하지도 않아. 당신은 필요할 때마다 그런 얘기로 나를 공격했잖아."

"그럼 더블린에 사는 시오반에게 돌아가."

"내가 하고 싶은 말은 그게 아니야. 중요한 것은 유순한 시오반이 당신이었으면 하는 거지. 무슨 말인지 알겠어? 그래서 우리 미래가 당신에게 달렸다고 말한 거야."

"알았어. 이제 가야 해. 약속이 있어."

"무슨 약속?"

"게임 약속."

"뭐?"

"그냥 내버려 둬."

"당신이 유순한 여자가 될 수는 없는 거야?"

"끊을게."

남편과 전화를 하고 나면 몹시 피곤해진다.

그러나 휴대폰 화면에 남편의 이름이 뜰 때마다 또 희망을 품는다. 종국에는 이런 전화가 오지 않을까 기다리게 된다.

"마구, 내가 다 잘못했어. 내가 정말 미쳤었나 봐. 당신은 훌륭한 여자야. 당신 없이 살 수 없어. 로마 집을 내놓고 비카렐로로 돌아가자. 우리 둘이서. 영원히."

더블린에서 했던 전화가 간단명료했던 것처럼 이번 전화도 간단명료해야 한다.

이별을 고하는 일은 그렇듯 단칼에 해치운 사람이 재결합을 이렇게 모호하게 말하는 이유가 뭘까.

나는 알고 있다. 남편이 무슨 생각을 하는지 알고 있다. 열여덟 살 때부터 남편을 알고 있었다. 그에게 필요한 휴식, 기침 소리, 허세가 내게는 모두 의미를 가진 언어나 다름없었다. 사랑의 언어인 셈이었다. 그런데 남편은 사랑한다고 말로 표현할 수가 없을까? 두려워서 그런 걸까? 정확히 말해 무엇이? 아니면 사실은 거짓말이기 때문일까? 이제는 나도 모르겠다. 어쩌면 옛날에는 알았지만, 지금은 모르는 것일까? 아니다, 그렇지 않다. 그럴 수는 없다. **누군가를 진정으로 안다는 것은 너무나 복잡하고, 흔하지 않으며, 운명적인 일이다. 누군가를 진정으로 안다는 것은 영원히 안다는 것을 의미한다.**

다시 전화벨이 울렸다. 남편이면? 어쩌면? 아니었다. 전화기 화면엔 잔피에트로의 이름이 깜박거렸다.

"오호."

"안녕, 친구. 항상 바쁘더군. 아직도 남편 때문에 시간 낭비한다는 말은 하지 말게나."

잔피에트로는 대학 시절 우리 집에서 처음으로 살았던 친구였다. 지금은 팔레르모에서 은행원으로 일하고 있으며, 마돈나가 되고 싶어 하지만 비욘세로도 만족할 터이다. 잔피에트로는 깔끔한 차림을 좋아한다. 그렇게 해야 일이 잘 풀린다. 그러나 퇴근하자마자 은행 주차장에서 넥타이와 줄무늬 양복을 벗어던진 다음, 속눈썹에 마스카라를 바르고 파란색 깃털 목도리를 두른다.

잔피에트로는 사람들이 정치를 하거나 블로그를 운영할 때 나타나는 욕구불만에 빠진 여신이 우리 모두에게 내재해 있지만(그 이유를 정확히 이해할 수는 없지만), 아무도 그것을 인정하지 않는 것이 이 사회의 문제점이라고 주장한다. 그래서 자신에게 진실하지 못한 사람을 항상 도와주고, 모든 것을 여성화시킨다(그의 아버지를 말할 때는 제외하고). 프란체스코란 이름은 그에게는 프란체스카가 되고, 니콜라는 니콜레타, 남성 명사 나무는 여성명사 나무가 된다. 내 남편도 여성형으로 호칭한다. 남들이 썩 유쾌해하지는 않지만 말이다.

"맞아. 남편과 이야기를 하고 있었어. 아일랜드 출신의 애인이 유순한 여잔데 나도 그 점을 배워야 한대. 그 여자는 요가를 하고 나서 친구들과 가볍게 술을 마신 다음 특별한 팬케이크를 만든다고 하더군."

"한마디로 꼭지가 돌 정도로 미친 여자일세."

"남편이 다시 합치고 싶대. 내가 그 여자처럼 유순한 여자면 좋겠대."

"'난 다이너마이트처럼 드세니까 그 유순한 여자나 만나.' 하고 말했겠지?"

"그 말을 못했네. 왜 그 생각을 못했을까?"

"이봐, 이젠 버림받은 데미 무어 같은 어조는 집어치워. 데미 무어는 애쉬튼 커쳐라서 아파할 권리가 있는 거야. 너는 그 정도는 아니잖아. 아니면 네 남편이랑 애쉬튼을 비교해 봐야 하는 거야?"

"……."

"아참. 10분간 하는 미친 짓은 계속하고 있나?"

"오늘은 무엇을 할까 생각 중이었어."

"팬케이크나 만들게나, 친구!"

"스파게티 한 접시 끓일 물 양도 못 맞추는데!"

"바로 그거야. 지금까지 한 번도 해 보지 않은 일을 해야 하는 거 아냐? 힘 내. 너처럼 요리에 젬병인 사람을 위해 인터넷에 요리 사이트가 넘쳐나잖아. 〈노란 사프란〉이나 〈파스타를 던져라〉(buttalapasta) 사이트를 찾아봐. 그리고 나서 남편에게 전화해서 이렇게 말해. '자기, 팬케이크를 좋아한다고 더블린까지 갈 필요는 없어. 10분만 기다려줘!'"

"보고 싶어, 잔피."

"나도. 크리스마스 때 로마에 가."

"정말?"

"정말. 아버지가 크리스마스이브 함께 보내자는 전화도 안 해.

앞으로도 전화하실 것 같지 않고. 19년이 지나도 고집을 꺾지 않으실 거야.”

“어쩌니.”

“당신 딸이 공연하는 끝내주는 말괄량이 하녀를 못 보여드리는 게 아쉽지 뭐. 시슬리 올데이 올 이어 크림을 사용한 뒤부터 내가 8년은 더 젊어 보인다고들 하는데, 그걸 못 보여드리는 게 아쉬울 뿐이지…… 8년. 무슨 말인지 이해하나, 친구?”

“이해하지.”

“아버지가 보시면 아주 자랑스러워 하실 수도 있을 텐데. 불쌍한 분.”

“그래. 짠하다.”

〈파스타를 던져라〉

www.butttalapasta.it

누텔라 크림을 바른 팬케이크 재료(팬케이크 12개 분량)

밀가루 125g

우유 200ml

버터 25g

달걀 2개

설탕 15g

가루효모 6g

누텔라 2스푼

소금 한 꼬집

난이도: 하

준비시간: 10~15분

달걀의 흰자와 노른자를 분리하여, 노른자를 볼에 넣은 다음 우유, 녹인 버터, 누텔라를 섞는다. 잘 섞은 다음 미리 체에 걸러 둔 밀가루와 효모를 첨가한다. 다른 볼에 흰자와 설탕을 넣고 밑에서 위로 휘저으면서 머랭을 만든다. 흰자 거품이 너무 단단해지지 않게 하고 부드러운 상태로 만들어야 하는데, 그렇지 않으면 반죽에 덩어리들이 생길 것이다.

지름 10–12cm의 프라이팬을 달구어 버터를 조금 바른다. 국자로 반죽을 넘치지 않게 떠서 프라이팬에 따른다. 팬케이크가 노란색이 되면 주걱으로 뒤집거나 크레페처럼 뒤집어 다른 면도 노랗게 굽는다. 다 구워지면 팬케이크를 접시에 올려놓고, 나머지 반죽도 구워서 차곡차곡 쌓는다.

누텔라 크림을 조금 펴서 바르고, 메이플 시럽, 신선한 과일 및 생크림도 곁들인다.

주걱이 무엇인지 명확하게 머릿속에 떠오르지 않았거니와, 크레페를 어떻게 뒤집는 건지는 더욱 알 수가 없었다.

그러나 10분 게임에서는 새로운 일을 시도해서 꼭 성공해야 하는 것은 아니었다.

시도해 보는 것으로 충분하다.

이미 프라이팬을 사는 것 자체가 내게는 새로운 일이다. 달걀은 포장이 마음에 드는 것으로 골랐다(암탉이 병아리에게 미소를 짓고 있는 여섯 개들이 포장인데, 나도 격려해 주는 듯했다). 나머지는 되는 대로 하면 될 듯했다. 꽤 깐깐한 거식증 환자였던 나는 누텔라의 칼로리를 꼼꼼히 확인했다. 솔직히 말해, 그 모든 일을 포기하고 싶은 마음이 굴뚝같았다.

로드리고는 콘서트가 있어서 새벽 4시 무렵 들어왔다. 나는 그때까지 잠도 안 자고 부엌에서 접시를 뚫어져라 쳐다보고 있었다.

"뭐해?"

"팬케이크를 보고 있어."

"감상하려 만든 건 아닌 것 같은데."

"내 눈에 정말 훌륭해 보여……."

"특별한 거라도 있어?"

"내가 만든 거야."

"정말?"

‘키아라의 냉장고에는 전깃불만 있다네.’ 로드리고는 틈만 나면 그렇게 말한다. 사실이다. 아니, 어제까지만 해도 그랬다. 오늘은 냉장고에 달걀 네 개, 버터 한 개, 누텔라 한 병이 있다. 신선한 우유도 있다. 로드리고는 우유를 꺼내 두 잔을 따른 다음, 냅킨을 놓았다. 팬케이크도 오븐에 데웠다.

“인생의 모든 것에는 용기가 필요해. 우리 맛보자.”

설탕을 덜 넣었어야 했다. 웹사이트에서 그토록 피하라고 당부했던 실수를 했는지도 모른다. 계란 흰자로 “너무 단단한 머랭”을 만드는 것 말이다. 그게 무슨 뜻인지 정확히 모르겠지만. 어쨌든 반죽에 덩어리는 아주 많았다. 아무리 좋게 봐주려 해도 열두 개 중 세 개는 팬케이크 같지 않았다. 세 개는 오이고추, 소시지, 조그만 물웅덩이 같기도 했다.

나는 오이고추처럼 생긴 걸 먹었다. 로드리고는 물웅덩이 같은 걸 먹고 나서, 겉으로 보기에도 틀림없이 팬케이크인 팬케이크를 두 개 더 먹었다.

잔피에트로가 옳았다.

남편이 더블린에서 전화했을 때, 이렇게 말했어야 했다.

“자기, 정말 팬케이크를 만들 줄 아는 여자 때문에 나를 떠난 거야? 나도 배울 수 있어. 조금만 시간을 주지. 10분만 주면, 당신도 알 텐데.”

힙합 수업

금요일에는 항상 아토가 온다.

"너는 아기를 원하는데, 남편이 원하지 않아서 이혼한 거니?"

최근 몇 달 동안 종종 그런 질문을 받았다.

"절대, 아니야."

절대 아닐 수도 있고, 그럴 수도 있다.

아직 때가 아니라 생각했기 때문에 절대 아닐 수도 있다.

남편과 나 둘만으로 충분하다고 생각한 것은 아니므로 그럴 수도 있다.

그랬다면 지금보다 나을지도 모른다.

"당신을 더 봐줄 수가 없어, 마구."

"당신도 그래."

"당신이 더 그래."

"아니야, 당신이."

"당신이야."

"자기, 우리가 만약 서로를 구속하지 않았다면?"

"누구를?"

"나. 당신. 우리가 서로에게 마음의 문을 열었다면 어땠을까?"

"그게 무슨 말이야?"

나는 그 질문에 대답하지 못했을 것이다. 그렇다고 시오반에게 마음을 주고 뉴욕에서 모히토 칵테일이나 만들며 여름을 보내라는 뜻은 아니었다.

아무튼 열여덟 살 밖에 안 된 두 고집불통은 헤어져야 했다. 그들은 성난 얼굴로 '나는' 하고 자기 말만 했고, '너는' 하고 탓하면서 상대방의 잘못을 트집 잡았다. 그럴 때면 그들은 '너'를 마치 무기인 듯이 사용했다(너를 참아 줄 수가 없어. 너는 이해 못해. 너는 상상도 못하지. 너도 내 입장이 돼 봐). 그때는 그런 것 같았다.

「일요일 점심」 칼럼을 맡아 쓰다가 〈아이들의 나라〉를 알게 되었다.

"가족이 있는 곳에 가정이 있다." 내 칼럼의 소제목이었다. 〈아이들의 나라〉에는 엄마, 아빠가 없고 아이들만 잔뜩 있었지만, 많은 사람들에게 알릴 가치가 있는 곳이었다.

존 패트릭 캐롤-아빙 주교가 1953년 이곳을 창립하며 세운 비전은 어떤 식으로든 가정이 없는 아이들에게 가정을 만들어 주는 것이었다. "부정적인 경험으로 매사에 냉소적인 청년들이 형제 같은 공동체에서 자유롭게, 서로 관용을 베풀고, 평화롭게 공생하는 해법을 배울 것입니다. 이 평온한 곳에서 사회에 적응하지 못한 모든 아이들이 어려움에 처한 자신의 상황을 이해받을 것이고, 격려를 받으며 자립할 수 있을 것입니다. 이곳에서 자신의 자질을 발전시킬 수 있는 청년은 날마다 성장할 것입니다." 캐롤-아빙 주교의 말이다. 주교는 비전만 내세운 것이 아니라 그것을 이룰 방법까지 제시하고 실현했다. "청년들이 교육을 받아야 한다는 것을 부정할 사람은 아무도 없습니다. 하지만 더 나아가 이렇게 주장하는 사람들도 있습니다. 그렇게 하려면 그들이 자유롭게 계획하고, 선택하고, 실수한다고 해도 위험으로 이어지지 않도록 해야 한다고 말입니다."

〈아이들의 나라〉는 아이들의 실수를 두려워하지 않는다. 몸과 마음이 고통받는 전쟁고아나 정치 망명자, 이탈리아인 혹은 외국인까지 만 12세에서 18세까지의 아이들이 들어올 수 있다. 이 단체는 아이들을 학교에 보내고, 자립할 수 있도록 도우며, 내부 조직은 하나의 자치도시처럼 구성되어 있다. 시민 회의를 자주 하고, 달마다 시장과 평의원들을 선출한다.

로마 외곽 피사나 가에 위치한 〈아이들의 나라〉는 아이들이 과거의 어두운 기억을 몰아내고 저마다 미래를 향한 다채로운 꿈을 키우는 곳답게 드넓은 초록의 들판에 위치해 있다.

나는 그곳에서 일주일을 보냈는데, 그동안 많은 일이 있었다. 얻은 것도 있었지만, 좌절도 있었으며, 여러 아이들을 사귀었다.

조용한 아이도 있었다.

아토는 특히 말이 없었다.

그 당시 아토는 세 번 연속 시장으로 당선되었다. 늘 힘겹게 미소를 짓는 열여덟 살 소년 아토는 3년 전 에리트레아를 떠나 이탈리아로 왔고, 쉼터에 온지는 2년이 되었다. 아토는 특별한 아이였다. 어쩌면 우리 생활의 일부가 된 사람들은 늘 특별해 보이는 것일지도 모른다. 이런 사람들은 처음 만났을 때를 돌이켜 보아도 뭔가 특별하다. 왜 그럴까? 첫눈에 보아도 아토는 거칠고 슬픈 소년이지만, 말할 수 없이 신비로운 구석이 있었다.

"이탈리아에 어떻게 왔니?" 점심 시간에 우연히 옆에 앉았을 때, 물었다.

"존나 힘들게요."

나중에 나는 아토가 에리트레아에서 무슨 일이 있었고, 이탈리아 직행 비행기에서 거지꼴로 발견되었을 때에 대해 쉼터의 열정적인 상담선생님에게 들었다.

하지만 나는 아무에게도 이 이야기를 자세하게 전하지 않았다.

남편에게는 더욱 더.

"존나 힘들게요." 이보다 충분한 설명은 없을 듯하다.

하지만.

"자기, 쉼터에서 한 소년을 만났어. 좀 특별한 아이야. 존나 힘든 일이 많았어도, 밝은 소년이야. 영혼이 고결한 아이지."

"마구, 그럴싸한 말로 포장하려고? 다음 주 잡지 글은 이런 말로 끝맺고 싶은 거군? '다이아몬드에서는 아무 것도 자라지 않지만, 퇴비에서는 꽃이 핀답니다'."

그날 아침 무엇 때문에 그렇게 싸웠는지, 왜 남편은 여전히 빚쟁이처럼 굴었던 건지 생각나지 않는다.

"농담 아니야. 이름이 아토래. 새로 이사한 이 집의 유일한 장점은 방과 욕실이 하나 더 있다는 거잖아. 비카렐로에서는 없었지. 주말에 우리 집에 아토를 초대하는 건 어때?"

"이봐, 마구. 우리 같은 사람들은 싸우느라 서로조차도 조금도 배려하지 않잖아! 그런데 어린 아기라니."

"맞아. 하지만 아이를 낳거나 입양하자는 말이 아니잖아. 아토는 키가 1미터 80센티미터는 될 걸. 거의 성인이야. 몸집이 좋지는 않지만 미남이야. 〈아이들의 나라〉에서는 주말에는 회의와 스포츠 활동을 비롯한 어떤 프로그램도 실시하지 않아. 우리가 공부를 도와줄 수 있어. 지금 상업학교 3학년인데 수학과 이탈리아어가 부족하대. 게다가 학교가 우리 집에서 버스로 네 정거장이야. 부모가 되자는 말이 아니라, 적어도 큰 형님이나 누나가 돼 줄 수 있지 않을까? 그게 잘 되면 우리 집이 쉼터의 지부가 될 수 도 있어."

우리의 문제를 되돌아볼 수 있는 좋은 방법이라고 생각했었다.

남편은 반대했다. "타인의 문제를 해결한다고 해서 부부의 문 제까지 해결되는 건 아니야. 오히려 타인의 문제까지 하나 더 보 태는 셈이지."

"마이너스와 플러스가 만나면 마이너스지만, 대수학에서는 플 러스가 되지."

우리 둘 다 옳았다.

그로부터 몇 주 만에 남편이 더블린으로 떠났을 것이다.

나는 잡지사에서 해고되었을 것이고.

갑자기 어둠이 닥쳐와 모든 것이 사라졌다. 영문도 모른 채 직 장을 잃었고, 죽기 살기로 싸우던 너와 나도 헤어졌다.

그러다 8월 말 어느 날 아토에게서 전화가 왔다.

"안녕, 키아. 〈아이들의 나라〉에 사는 아토예요. 어떻게 지내 요?"

"안녕! 난 그러니까……."

"네?"

"음, 그러니까 그동안 좆 같은 일이 있었어. 넌 어때?"

"잘 지내요. 최근에 아줌마가 쓴 책을 읽었어요."

"고마워."

"『해리 포터』 말고 처음으로 끝까지 읽은 이탈리아어 책이에요. 다 읽었어요."

"와우."

"정말이에요."

"……."

"……."

"저기, 금요일에 우리 집에 올래? 주말을 함께 보내자. 네가 있을 방도 있어. 함께 이야기도 하고, 영화도 보러 가자. 아니면 피자를 먹으러 가던가."

나라와 가정에서 상처받은 아이에게 무엇을 줄 수 있을까? 비카렐로를 떠나 로마에 이사 온 사실만으로도 신경이 날카로워지고, 뚜렷한 목적 없이 모든 것이 혼란스러운 서른여섯 살 먹은 여자가?

매주 금요일 아토가 오기를 기다리는 동안 그런 생각이 자꾸 들었다.

아토가 쉼터에 돌아간 월요일이 되어도 답을 찾지는 못했다. 그러나 이런 의문도 잠시, 우리는 잡담을 하고, 산책을 하고, 숙제를 했다. 만화영화 시리즈 DVD도 넣 놓고 보았다.

내가 무엇을 줄 수 있는지는 모르겠지만, 얻는 것은 확실히 있었다. 무기력에서 벗어나 억지로라도 씻고 먹어야 했기 때문이다. 식사라고 해 봐야 맥도날드 햄버거를 먹는 것이지만. 그래도 아토에게 씻고, 식사를 하라고 할 수 있으며, 힘이 없어도 힘을 내서 할 일을 하라고 할 수 있었다. 아토가 「심슨네 가족」을 틀어 놓고 입을 벌린 채 잠들어 있을 때나, 머리를 싸매고 법학 숙제를 할 때면, 무슨 생각을 하고 있을까, 어떤 무서운 괴물과 싸우고 있을까 하는 생각이 들었다. 나는 녀석이 다시 눈을 뜨고 검은 벨벳 카펫같은 눈동자로 나를 바라볼 때까지 아토의 잠든 모습을 본다. 녀석은 나를 보고 미소를 짓는다. 잠시나마 아토에게서 그렇게 희망을 본다.

혼자가 아니라 우리일 수 있다는 희망 말이다. 세상 사람들에겐 일반적인 것이지만, 내게는 특별한 희망.

"아토 왔어?"

"안녕하세요."

"공부할 거 많아?"

"네. 이탈리아어, 법, 역사."

"좋아. 그보다 먼저 할 일이 있어."

"뭔데요?"

"우리 같이 생각해 보자. 10분 동안 하는 게 중요해."

아토에게 10분 게임을 설명해 주었다.

밖에는 비가 줄기차게 내리고 있었다. 외출은 못한다.

"인터넷으로 할 일을 찾아볼까요?" 아토가 그렇게 제안했다. 녀석은 이제 로마 사투리를 제법 구사한다. 학교에서 정식으로 배우는 이탈리아어는 젬병이지만.

"좋아."

"좋아요."

"내 친구 로드리고 알지? 바이올리니스트." 나는 계속 할 일을 생각하고 있었다.

"알죠." 아토는 내 집에서 함께 살았던 친구들을 조금씩 알게 되었다.

"우리 집에 있다가 오늘 아침 떠났어."

"잘 지내시죠?"

"응. 힙합에 완전히 빠졌어."

"쉼터에서도 힙합 비디오를 보면서 시간을 보내요."

"배우기 힘들어?"

"많이 힘들어요."

"슬로우 댄스도 한번 춰 보지 않은 나 같은 사람이라면?"

"아주 많이 힘들어요."

춤을 출 공간이 충분한 거실에 노트북을 가져왔다.

유투브에 초보자를 위한 힙합 강습을 검색했다.

그녀가 나타났다. 나이는 열두 살 정도였고, 앳된 얼굴에 별무늬 티셔츠와 트레이닝 바지를 입었고, 색깔 양말을 신고 있었다. 이름은 플라카비였는데, 힙합 경연대회에서 쓰는 이름이었었다.

"여러분, 안녕. 나예요, 플라카비!" 플라카비란 이름이 있는 수많은 동영상 중의 하나를 클릭하자 소녀가 소리쳤다. 소녀는 자신의 방에 있었지만, 그 방은 도달할 수 없는 은하수처럼 멀었다. 방은 나머지 우주 공간에 힙합을 가르치겠다는 뚜렷한 목적의식으로 인해 생기가 가득했다.

플라카비가 말했다.

"오늘은 너희들에게 힙합의 기초를 보여 줄게. 우선 준비운동이 중요해. 준비운동을 중요하게 생각해야 해. 그렇지 않으면 프리즈나 다른 동작을 할 때 다치거든."

아토와 나는 소녀의 말을 따랐다. 그래서 진지하게 준비운동을 했다.

우리는 머리를 오른쪽, 왼쪽으로 돌렸다. 소녀가 말한 것처럼 여러 번 돌렸다. 그리고 어깨와 팔을 돌렸다. 그것도 물론 여러 번.

플라카비는 몸을 흔들고는, 본격적으로 동작을 가르쳐 주기 시작했다.

"이제는 웨이브를 가르쳐 줄게. 일단 어깨를 위로 잡아 늘린 다음, 팔꿈치랑……"

플라카비를 따라하는 건 처음에는 어렵지 않았다. 그런데 플라카비가 날랜 동작으로 움직이기 시작했는데, 마치 전류가 구불구불 소녀의 팔을 타고 흐르는 것 같았다. 우리는 매혹된 표정으로 소녀가 추는 춤을 바라보았다. 동작을 정지한 채.

소녀가 어깨와 상반신을 이용한 웨이브를 가르쳐 주자, 키가 1미터 86센티미터인 아토는 몸이 꼬이더니 그만 엉켜 버렸다. 1미터 64센티미터인 나는 한쪽 다리는 위로 올리고 다른 쪽은 쩍 벌렸다.

"다른 동작도 배우고 싶니? 좋아. 다음 영상을 클릭해. 안녕!" 수업이 끝나자 플라카비가 인사를 했다.

"처음부터 다시 볼까요?" 제대로 못 따라한 것에 낙담한 듯 아토가 물었다.

"당연하지. 게임의 규칙은 10분인데, 10분 이상 하지 말라는 법은 없지."

우리는 오후 내내 플라카비 영상을 틀고 춤을 추었다.

소녀는 정말 놀라운 춤꾼이었다.

우리가 추는 춤은 엉망이었다.

플라카비의 모든 영상을 여섯 번 보고 나자 우리는 완전히 녹초가 되어 소파에 드러누웠다.

"배고파요. 맥도날드 갈까요?" 아토가 말했다.

"오늘은 맥도날드 안 가도 돼. 팬케이크를 구웠거든."

“아줌마가요?”
“그래, 내가.”

뒤로 걷기

오늘은 어떤 일로 10분을 채울까?

오늘 아침 눈을 뜨자마자 그런 생각이 들었다.

간밤에 남편이 문자를 보냈는지 확인하기도 전에, 새로 쓰기 시작한 소설을 쓸 것인가, 쓰지 말 것인가 고민하기도 전에, 부모님께 전화해서 비카렐로 소식을 묻고, 신문 가판대 아주머니가 무슨 말을 했는지, 바리스타와 그의 신경질적인 약혼자 사이에 무슨 일이 있었는지 묻기도 전에. 오늘은 어떤 일로 10분을 채울까?

나는 무슨 일을 할지 생각했다.

그리고 빙그레 웃었다.

조금 놀라웠다.

1년도 넘게 비카렐로와 잡지 칼럼과 남편 생각을 곰인형처럼 껴안은 채 잠들었고, 잠에서 깨자마자 그것들을 생각했다.

그런데 그런 생각이 성가셨으며, 이제는 곰인형처럼 포근하게 나를 감싸 주지 않았다. 그러나 곰인형을 안고 자는 습관이 있다면 그것을 버리기는 쉽지 않다.

커피를 올려놓고 손톱을 보았다. 자홍색 매니큐어가 벗겨지기 시작했다. 지워야겠다.

이제는 초록색으로 칠해 볼까?

나는 또다시 빙그레 웃었다.

조금 놀라웠다.

아토가 부엌으로 왔다. 우리는 아침밥을 먹었다.

오늘은 원죄 없는 잉태일(편집자 주: 성모 마리아의 잉태일을 기념하는 카톨릭교회의 축일)이다. 나보나 광장 노점상에 가기로 어제 아토와 약속했다. 오늘 아침부터 1월에 있을 주현절까지 광장에서 노점이 열린다. 그곳에 가면 솜사탕, 크리스마스용 작은 조각품, 색색의 유리구슬, 설탕으로 만든 천사인형을 볼 수 있다.

크리스마스를 위한 장식품들이다.

남편도, 잡지 칼럼도, 비카렐로 집도 없지만, 크리스마스는 중요하다. 올해도 성큼성큼 다가오고 있다. 부당하게도 아름답고 착한 크리스마스가.

"에리트레아 집에서는 근사한 크리스마스트리를 만들었어요."
어제 저녁 아토가 팬케이크를 게걸스럽게 먹다가 불쑥 말했다.
이번에는 팬케이크를 살짝 태웠지만 흰자 머랭은 부드럽게 만들
었다.

"남편과 나는 크리스마스 때 모든 것을 떠나 도망치듯 여행을
했었어. 캄보디아, 인도, 칠레. 거의 20년간 세계를 돌아다녔어.
가족들과 크리스마스 만찬이나 점심 식사 같은 건 하지도 않았
지. 크리스마스 장식도 안 샀고, 트리도 안 만들었어."

"왜요?" 아토가 눈을 동그랗게 뜨고 물었다. "크리스마스가 얼
마나 멋진데!"

사랑하는 사람과 크리스마스 여행을 떠나는 것이 근사한 일이
지. 그렇게 도망치는 것이 크리스마스지 뭐야. 나는 그렇게 생각
했다.

남편과 나, 우리 두 사람은 먼 곳으로 떠나 마음으로 교감했다.
그리고.

"키아라 아줌마?"

"왜?"

"크리스마스가 그렇게 싫어도, 내일은 우리 같이 크리스마스트
리 만들어요."

어제 내린 비가 구름을 모두 쓸어버렸다.

날씨는 추웠지만, 맑고 화창했다.

우리는 나보나광장을 향해 걸었다. 집에서 20분 정도 걸릴 터였다.

아이디어는 항상 그렇게 떠오른다. 허락 따위는 구하지 않고 불시에.

"아토?"

"네."

"뒤로 걷고 싶어."

"뭐라고요?"

"10분 동안."

"그건 위험해요!"

"네가 내 팔을 잡고 안내를 해 줘. 그럼 안 넘어질 거야."

아토가 웃었다. 녀석이 웃을 때면 내 마음 깊은 구석의 아픈 곳까지 부드러운 손길로 위로하는 것 같다.

나는 몸을 뒤로 돌린 다음 아토의 팔을 잡았다.

우리는 한 걸음 나아간다. 아토가 또 웃는다. 또 한 걸음 걷는다. 같이 웃었다.

"조심해요. 계단이에요. 오른쪽. 왼쪽." 아토가 방향을 지시해 주었다.

뒤로 걷는 동안 사람들의 얼굴을 보았다. 앞으로 걸었다면 그들의 목덜미를 봤을 것이다. 앞에 놓인 길이 아니라 내가 지나온 길을 보았다. 상점들도 내 앞으로 다가오는 것이 아니라 뒤로 사라지고 있었다.

아토는 시시콜콜 안내해 주지 않았는데, 어쩌면 그래서 뒤로 걷기가 재미났을 것이다.

사뭇 유쾌한 기분이 들었다.

"사람들이 아줌마를 보고 미친 여자라고 생각할 줄 알았어요!" 아토가 말했다. 아토는 정상적으로 길을 걷는 사람들 사이에서 반대로 걷는 사람을 보고 아무도 놀라지 않는 걸 보고 신기해 했다.

소설가이자 시나리오 작가 플라이아노의 단편 「로마에 온 화성인」 이야기를 해 주었다. 화성인은 로마에 도착해서 이틀간 소란을 일으켰지만, 그 후에는 사람들의 무관심 속에서 외계인이라고 방해 받는 일 없이 평온하게 산책을 했다.

"로마 사람들이 화성인들이나 이상하게 걷는 사람들에게 그렇게 무관심한 게 좋은 일인가요?" 아토가 물었다.

"좋은 건 아니지. 로마에 있으면 외로워. 내 고향 비카렐로에 화성인이 온다면 엄청 귀여워해 줄 걸."

"솔직히 말해 내가 흑인인 사실에 관심을 보이는 사람이 있으면 좋겠어요. 흑인이라서 귀여워해 주는 사람 말이에요."

"그건 우리가 하는 얘기랑 다른 얘기야."

"그럴 수도 있겠죠."

"확실히 다르단다."

우리의 특이한 산책은 계속되었다.

4분 동안.

7분.

10분 동안.

아토가 휴대폰에 맞춰 놓은 타이머가 울렸다. 게임을 완수했음을 알리는 소리였다.

나는 몸을 돌렸다. 우리는 하이파이브를 했다.

아직까지는 화성인과 공범인 듯이 느린 걸음으로 걸어 나보나 광장에 도착했다.

"키아라?" 방울을 작은 걸로 할지, 중간 크기 혹은 큰 걸로 할지 고르고 있는데 누군가 내 이름을 불렀다.

오렌지색 코트를 입은 키 작은 부인이 백금발머리를 파네토네 모양으로 올리고, 반짝이는 눈빛으로 나를 보았다.

누군지 얼른 알아보지는 못했지만, 낯이 익었다.

"난 모레나예요! 모레나 토르페도니!"

맞다. 토르페도니 부부.

잡지 칼럼을 쓰는 동안 1,000쌍이 넘는 가족과 식사를 했을 것이다.

처음에는 내가 소재가 될 만한 가족들을 찾아다녔다. 특이한 부부를 제보해 주는 사람도 있었고 신문에서 흥미로운 뉴스를 보고 연락하기도 했다.

이후에는 자신들의 특별한 일상을 잡지를 통해 이야기하기를 원하는 가족들이 잡지 사이트에 글을 올리기 시작했다.

대가족, 동성애 가족, 사랑하지만 따로 떨어져 사는 가족. 마지막 가족의 경우는 관계를 유지하기 위해 각자의 집에서 따로 살기를 원했다. 아주 평범한 가정도 방문했다.

아주 많은 사람들을 만났다.

한 주가 끝날 때마다 함께 밥을 먹었던 사람들에게서 나와 남편은 이해하지 못하는 그런 비밀을 알고 있는 듯한 막연한 인상을 받곤 했다. 서로에게 큰 상처를 주지 않고 어떻게 그렇게 사랑할 수 있을까. 그들은 그 근본적인 방법을 알고 있는 듯했다.

케빈과 모레나 토르페도니 부부는 「일요일 점심」 칼럼 초기에 내가 인터뷰 했던 주인공들이었다.

그들은 노란색 봉고차에서 살고 있었고, 놀이공원에서 접시 맞히기 게임을 운영했다. 그들은 서커스에서 만났다. 모레나는 곡예사로 일했고, 케빈은 바위처럼 조용하게 번호판 사이의 트랙을 닦았다. 케빈은 밤에 시를 썼다. 바로 그녀를 위해. 밤에 쓴 시를 매일 아침 분장실 거울 앞에 두곤 했다. 그들의 관계가 탄로 나자 모레나의 가족들은 반대했다. 모레나가 그들과 한솥밥을 먹는 곡예사와 결혼하기를 바랐다. 그러나 모레나는 사랑에 빠졌다. 어느 날 밤 파리에서 리옹으로 가려고 천막을 해체하는 동안 모레나는 케빈 토르페도니와 도망쳤다. 부모님은 케빈을 하찮은 접시닦이 취급 했지만, 모레나에겐 시인이었다. 도망친 다음 날 그들은 부부가 되었다.

이제 모든 것이 선명하게 떠올랐다.

"어떻게 지내요?" 모레나가 물었다.

"그냥 그렇죠."

"당신 글을 못 보게 되어 케빈과 내가 얼마나 슬픈지 몰라요."

"그래요."

"계속 글이 안 실렸더라고요."

"그래요."

"그 칼럼이 뭐로 바뀌었죠? 맞다, 마음의 편지! 더구나 그런 멍청한 여자가…… 그 여자 이름이 뭐죠?"

"타냐 멜로디아."

그건 국장의 결정이었다. 편집장이 미안하다고 하면서 내게 사실을 알렸다. 왜죠? 나는 따져 물었다. 나와 아무 상의도 하지 않고요? 왜요? 잡지가 앞서 가려면, 변화를 모색해야 합니다. 편집장이 대답했다. 내 자리에 누가 오죠? 타냐 멜로디아. 누구라고요?! 키아라, 잘난 척 좀 그만해요. 그게 당신이 쓰는 칼럼의 문제요. 타냐 멜로디아는 「그란데 프라텔로」(역자 주: 이탈리아판 빅브라더)의 최종 우승자야. 그녀를 모르는 사람이 없어요. 팝 가수이고, 록 음악가이기도 하지. 92일이나 살아남았다고요. 그동안 세

번이나 우승했고, 그 중 두 번은 심지어 한꺼번에 이겼죠. 그녀는 여자도 남자처럼 정확하게 행동할 수 있다는 걸 보여 준, 여자들의 영웅이라고.

"텔레비전에 나온 여자 아니에요?" 모레나가 물었다.

"맞아요. 「그란데 프라텔로」의 최종 우승자예요."

"베이비시터가 부모들에게 아이들을 돌보는 법을 가르쳐 주는 프로그램인가요?" 토르페도니 부부는 티비 없이 살고 있지만, 어떤 불편도 느끼지 못했고, 그걸 뽐내지도 않는다.

"아니에요. 그건 「도와줘요, 타타」고요."

"아무튼, 보고 싶었어요, 키아라."

"저도 칼럼을 못 써서 슬퍼요, 모레나."

"신작 소설은 언제 나오나요?"

"지금 쓰고 있어요."

"잘 됐네요. 아까 당신을 봤어요. 뒤로 걷는 모습. 얼른 케빈에게 말해 줬죠. 저기 키아라가 있어! 케빈이 즉석에서 시를 지었어요."

"그래요?"

"뒤로 걷는 사람이 있는 한, 햄스터는 사랑에 빠질 것이고, 우리는 좀 더 진실해지겠지." 영감에 빠진 모레나가 시를 암송했다.

아토는 평소처럼 조용히 생각에 잠긴 채 우리의 대화를 지켜보고 있었다.

저녁에 크리스마스트리에 장식용 방울을 달았다. 밑에는 큰 걸로 달고 위로 올라갈수록 작은 걸로 다는 동안 아토는 이렇게 중얼거렸다. "화성인을 본다면 로마 사람들은 관심 없는 척 할걸요. 화성인을 방해하고 싶지는 않아서. 대신 시를 써 주겠죠."

그렇지 않아. 로마 사람들은 관심이 없어. 로마는 비카렐로가 아니야. 일주일 전이라면 나는 그렇게 말해 주었을 것이다.

그러나 나는 가만히 방울을 달았다. 아토를 보았다. 아토가 미소를 지었다. 나도 미소를 지었다.

"그럴 수도 있겠네."

12월 6일, 일요일
대림절
일출 7시 26분 ― 일몰 16시 39분

베르메르의 작은 길

"안녕, 아토."

"안녕하세요, 키아라 아줌마."

"벌써 일어났니?"

"내일 역사시험이 있어요. 벼락치기라도 해야죠."

"범위는?"

"17세기예요."

"17세기 전부?"

"네. 중요한 특징과 반론, 예술작품이요. 시험칠 단원 제목이에요."

"전 세계 모든 나라를?"

"이탈리아, 영국, 독일이요."

"네덜란드는?"

퀴리날레 궁에서 베르메르 전시회가 열린 지 한 달 되었다.

우리 집에서 가까운 거리다. 아니, 내 집에서.

전시회를 혼자 가 본 적이 없기 때문에 단수형으로 말하는 것이 익숙하지 않다.

여행은 크리스마스로부터의 탈출이기도 했지만 세계를 다니며 나는 아름다운 자연을 즐기고 남편은 예술작품들을 관람하는 시간이기도 했다.

나는 희귀 동물이며 염전, 열대우림을 찾아다녔다. 그의 손을 잡고서.

남편은 박물관과 성당, 위대한 걸작 들을 찾아다녔다. 나의 손을 잡고서.

날마다 위태로운 우리의 관계가 결국 지켜지지 못하고 파경을 맞게 되면, 누가 그의 손을 잡고 숲에 데려갈까?

누가 나를 박물관에 데려가 줄까?

18년 전 내게 부족한 부분을 타인이 채워 주었고, 18년 동안 타인이 유지해 주었는데, 이제는 누가 그렇게 해 줄까?

날마다 그것이 궁금했다.

아토와 함께 전시장에 들어가 오디오가이드를 빌리고, 카탈로

그를 훑어보는 동안 나는 그것이 궁금했다. 다른 사람들은 전시장에 올 때마다 항상 오디오가이드를 빌리고 카탈로그를 보았다. 그들은 내 남편과 같은 사람이 옆에 없었기 때문이다. 남편은 어떤 오디오가이드보다 정확하고, 어떤 카탈로그보다 열정적인 해설자였다.

나는 심호흡을 했다.

"17세기에 네덜란드는 부가 일부에 편중되지 않았고, 널리 확산되어 있었습니다. 칼뱅파의 평등화정책으로 인해 이탈리아나 영국처럼 귀족들의 대저택이 세워지지 않았죠." 오디오가이드의 설명이 시작되었다. 나는 오디오가이드를 싫어한다. 전시장의 그림을 이해하기 위해 오디오가이드의 금속성 목소리를 필요로 하는 내가 싫다. 그러나 아토는 열심히 듣고 있었다. 17세기 네덜란드 화가에 관한 보고서를 이탈리아어 선생님께 낼 생각으로 들떠 있었다. "이번에는 8점을 주실 걸요." 집에서 나올 때 아토는 그렇게 말했다.

우리는 각자 전시를 구경했다. 누구나 오디오가이드를 하나씩 귀에 꽂고 있었다.

모퉁이를 돌아 그림을 볼 때마다 남편이 그리웠다.

우리가 함께 했던 여행들, 모험들, 남편의 도움으로 해석할 수 있었던 중국 한자, 나의 도움으로 남편이 쓰다듬었던 여우원숭이 등 그 모든 것이 약속이나 한 듯 한꺼번에 떠올랐다.

「작은 길」이라는 그림을 앞에 두자 남편이 너무 그리워 참을 수가 없었다.

"이번 그림은 「작은 길」입니다. 이 그림은 위대한 화가, 베르메르의 걸작입니다." 금속성 목소리가 말하고 있었다.

"옛날에는 이어폰을 꽂지 않고도 이 그림을 봤었지." 나는 한숨을 쉬듯 중얼거렸다.

한때 우리는 함께 여러 작품을 지나 이 그림까지 구경했다.

이젠 나 혼자 이 그림까지 왔다.

"베르메르는 이 경이로운 작품을 통해 델프트의 시적인 아름다움과 조용한 골목, 그림처럼 아름다운 건물들을……"

더 이상 참을 수가 없어서 이어폰을 빼고 아토에게 말했다.

"정확히 10분 후에 이리 와 주겠니?"

나는 그 자리에 섰다.

꼼짝도 않고.

'네덜란드 화가 베르메르의 위대한 걸작' 앞에서.

오디오가이드도 듣지 않았고, 카탈로그를 살펴보지도 않았다.

남편도 없었다.

나는 무엇을 보았을까?

델프트의 조용한 골목, 그림처럼 아름다운 건물들을 보았다.

붉은 벽돌로 만든 건물의 정면, 작은 나무 문, 덧문. 한 여인이 방에서 수를 놓고 있고, 다른 여인은 좁은 골목에서 청소하느라 바쁘고, 두 아이는 땅바닥에 쪼그리고 앉아 놀고 있다.

1분이 지났다.

2분이 지났다.

3분.

몇 분이 흘렀는지 모르겠지만, 여기 그것이 왔다.

그렇다. 여기 그것이 왔다.

인생이 내 앞에 나타났다. 인생은 단순하게 흘러갔다. 델프트의 작은 길을 따라서. 저 두 여인과 아이들을 지나서.

모든 사람들을 지나서.

무자비하게.

늘 똑같이.

늘 똑같기 때문에 무자비하다.

늘 똑같기 때문에 때로는 너무 아름답다.

갑자기 그 사실을 깨닫는다.

내가 그리워한 것은 세계여행도, 거대한 사막도, 대성당도, 흙으로 만든 군대도, 판다도, 그랜드 캐년도 아니다. '중요한 특징과 반론, 예술작품'도 아니다. 내가 그리워한 것은 바로 저 그림 속에 있는 것이었다.

늘 똑같은 우리의 인생이었다.

무척 아름답다.

무자비하다.

아토가 어깨를 가볍게 두드린다. 10분이 흘러갔다.

아토가 어깨를 가볍게 두드린다. 10분이 흘러갔다.

모르는 여학생의 졸업식에서

또다시 월요일이다.

아침밥을 먹는 동안 아토는 '그런' 표정을 하고 있었다. 월요일 아침마다 늘 짓는 표정이다. 그건 나도 마찬가지다.

"금요일에 봐요, 아줌마." 학교에 가기 전 아토가 미리 인사를 했다.

"금요일에 보자, 아토."

"금요일에 봐요."

한 발로 서서 몸을 흔들며 아토가 다시 말했다.

"저기, 아토."

"저기요, 아줌마."

"담당 선생님께 전화해서 일요일까지 여기 있어도 되는지 물어보렴. 오늘 크리스마스트리 전구를 사야 돼. 그런데 난 오늘 엘리사의 졸업식에 꼭 가야 하거든. 네가 크리스마스트리를 맡아준다면 정말 좋겠어."

"정말요?"

"정말."

정말이 아니어도(크리스마스트리를 장식하고 나니 거실에서 그 앞을 지날 때마다 발로 걷어 차고 싶었다. 크리스마스가 점점 다가올수록 마음이 더욱 심란했다. 그걸 꼭 전깃불로 밝혀야 하는 건지도 모르겠다), 정말이다. 주말에 함께 있어서 이미 작은 위안이 되었지만, 평일에도 그런 위안을 느낄 수 있다면 더 큰 위로가 되겠지.

그리하여 아토는 학교에 갔고, 나는 소설을 쓰다가 헬스장에 갔다.

2시에는 병원 예약이 있었다.

"어떻게 지내요, 키아라?"

"글쎄요, 선생님."

"'글쎄요'라뇨?"

"그걸 시도하고 있어요. 10분 게임 있잖아요."

"네?" T박사는 10분 게임을 통해 그저 자극을 주려고 했던 것 같았지만, 사뭇 진지한 내 반응에도 당황하지 않은 듯했다.

"글쎄요. 최근 몇 달과 비교한다면, 그때보다 나 자신을 위해 시간을 훨씬 덜 쓰고 있습니다.”

“어떤 의미에서요?”

“날마다 새로운 일을 찾는 것이 쉽지는 않아요. 물론 노력을 하긴 합니다. 정말로 내 상황이 어떤지 생각할 시간이 예전보다 줄었어요. 그런 생각이 찾아와도 이제 현기증만 조금 느낄 뿐입니다.”

“좋은 일인가요?”

“모르겠어요. 옛날에 느끼던 그 모든 무기력이 사라졌어요. 무기력하게 쓰러지는 일은 없어졌어요. 나 자신과 진실하게 대면할 때 저는 정신을 잃어요.”

“자기 자신과 만나기 위해 기절해야 한다는 법은 없어요. 기절했다고 해서 다시 못 깨어난다는 법도 없지요.”

“음.”

“한번 생각해 봐요.”

“…….”

“…….”

“새로운 소식이 있어요.”

“뭐죠?”

“소설의 윤곽이 갖춰지고 있어요. 그러니까 그런 생각이 든다고요. 저는 계속 쓰고 있습니다. 쉬지 않고.”

“흥미롭군요. 10분 게임 때문에 본인에게 몰두할 시간은 적어졌는데, 이제 드디어 소설을 쓸 시간을 찾았군요.”

“그렇군요. 정말이네요.”

“……”

“……”

“그다음엔?”

“뭐가요?”

“지난주에 또 새로운 일 없었어요?”

“자홍색 매니큐어를 칠해 봤고, 헬스장에 등록했어요. 바이올린을 연주했고, 팬케이크를 만들었고, 힙합을 추었고, 뒤로 걸었고, 베르메르의 그림도 감상했어요. 그런 일들 말인가요?”

“아.”

“사실, 그랬어요. 웃는 일도 있었어요. 이유는 알 수 없지만 말이에요. 바로 그런 이유 때문에 게임을 계속해야 할까요? 일주일에 두세 번 정도 그런 일이 있었어요. 아토의 부축을 받아 뒤로 걸을 때, 힙합 선생님을 따라 춤을 출 때. 프라이팬에서 뒤집으려고 했는데 팬케이크가 그만 바닥에 떨어졌을 때도 조금 웃겼어요. 더 솔직하게 말하자면, 그냥 절로 웃음이 나왔어요.”

“마지막으로 그래 본 것이 언제였나요?”

“그렇게 웃는 거 말인가요?”

“네.”

“11개월 전이요.”

"키아라, 게임을 계속해요."

"그러죠. 하지만 아직도 게임을 하는 이유를 모르겠어요. 사고 방식을 바꾸려고 하는 건가요?"

"대략."

"대략이라뇨?"

"남편은 게임에 대해 뭐라고 해요?"

"사실 자세하게 말하지는 않았어요. 왜 그랬는지 모르겠지만."

"……."

"아마 남편 없이 처음으로 혼자 하는 일이라 그럴 거예요. 여름에도 포르멘테라에 잔피에트로랑 갔어요. 아토도 있고, 공과금 고지서도…… 이젠 모든 걸 혼자서 하고 있어요. 그렇지만 남편은 잔피에트로를 알고 있어요. 아토도 알고 있고. 공과금은 같이 부담하고 있어요. 그러니 그런 경우에는 남편과 함께 있는 것 같아요. 요컨대 남편은 예전의 키아라는 알고 있어요. 다른 사람들을 알고 있는 것처럼."

"하지만 자홍색 매니큐어를 바르고 팬케이크를 굽는 키아라는 모르고 있잖아요."

"모르죠. 그래도 그럴 때마다 남편이 좋아할까 늘 궁금해요. 저도 그런 키아라가 친근하지는 않아요."

"그렇겠죠."

"그런데……."

"그런데?"

"박사님."

"키아라 씨."

"누군가를 진정으로 아는 것은 어떤 숙명처럼……."

"네?"

"그것은 숙명처럼 영원해요. 그것도 진화하고, 변할 수 있어요. 하지만 영혼은 그대로 남아요."

"저도 그렇게 생각해요."

"그러니까 남편과 저는 서로 이방인이 될 수 없어요."

"영혼이란 것이 서로를 알고 있으니 말이군요."

"선생님은 그것을 어떻게 불러요?"

"뭘요?"

"영혼 말이에요."

"때로는 그렇게 말해요. 영혼이라고. 때로는 무의식이라고 말할 때도 있고 일차과정이라고 말할 때도 있어요. 일차과정은 프로이트가 말한 원시적인 정신과정인데 노력하지 않고 욕구 충족을 원하는 것이죠.

"그 용어가 마음에 드네요. 이거 하나는 확실해요."

"그게 뭐죠?"

"남편과 나의 무의식은 결합되어 있어요. 그건 도저히 무시할 수 없어요. 아니 서로 결합된 것이 아니라 둘이 만나 하나가 된 거죠."

"그건 사실이에요. 틀림없이 그래요."

"네."

"부탁합니다. 10분 게임을 계속 하세요."

병원을 나와 사피엔차 대학으로 서둘러 달려갔다.

엘리사18. 7년 전 만난 여학생의 번호를 그렇게 저장해 두었다. 엘리사는 금발에 곱슬머리였으며, 눈을 동그랗게 뜨고 과장해서 말하는 버릇이 있었다. 엘리사는 학교에서 개최한 직업 탐방 프로그램이 끝날 무렵 내게 다가왔었다. 다양한 분야의 전문가들이 느끼는 직업의 고충과 기쁨을 이야기하는 프로그램이었다.

내가 초청된 이유는 열정적으로 좋아하는 일을 직업으로 삼는 것에 찬성하는지, 반대하는지 논하기 위해서였다.

강연회가 끝날 즈음 엘리사가 내게 다가왔다.

엘리사는 숨도 쉬지 않고 빠르게 말을 했고, 팔을 흔들었으며, 고맙다고 말했다. 대학에서 문학부를 선택할 용기가 없었는데, 이제 그럴 용기가 생긴 것 같다고 했다. "선생님, 문학을 사랑하는 마음만 있다면, 문학부에 들어가도 되겠죠? 아니면 문학적 재능이 있어야 할까요? 제게 문학적 재능이 있는지 모르겠어요. 선생님은 대학에 갈 때 그걸 알고 계셨어요? 선생님께서는 선생님이 정말로 문학에 재능이 있고 문학이 가장 선생님을 기쁘게 하는 일이라는 것을 어떻게 아셨어요? 하지만? 언제요? 어떻게요? 왜요? 왜요?”

엘리사는 내 팔을 꼭 붙들고 계속 질문을 퍼부었다. 금방 엘리사가 좋아졌다. 단지 호감을 느꼈던 학생 이상이었다. 정말이지 이 여학생을 사랑하게 되었다. 늘 나와 함께 있을 강아지를 눈을 마주치자마자 알아보고 사랑하는 것처럼, 어느 여름에 본 풍경을 잊지 않고 늘 떠올리는 것처럼, 신생아실 유리창 너머 처음 본 여동생을 사랑하는 것처럼 말이다. 그 나이, 열여덟 살 또래의 열의에서 나의 열의를, 엘리사의 걱정에서 내가 했던 걱정을 보았다. 또한 당당하고 환한 미소를 보고 정신이 혼미했다. 인생을 살면서 몇 번 느끼지 못했던 그런 확신을 그 소녀를 보자 내 마음 속으로 느꼈다.

이런 사람들은 꾸미지 않는다. 자신의 가슴속에 오로지 자신만의 느낌을 가지고 있으며, 정말로 자신의 머리로 생각한다.

나는 엘리사를 안아 주고 싶었고, 계속 그렇게 하라고 격려해 주고 싶었다. 또한 그녀를 보호해 주고 싶었다. 세상은 생각이 다른 사람에게, 느낌이 다른 사람에게 잔인하기 때문이다.

나는 여학생에게 내 전화번호를 주었고, 그녀의 전화번호를 ‘엘리사18’로 저장해 두었다.

그런데 오늘은 무슨 일일까? 엘리사는 이제 스물다섯 살이다.

첫 만남 이후 나는 엘리사의 넘치는 에너지와 맹렬한 분노, 세상에 대한 의문을 열렬히 응원했다.

그런데 오늘은 무슨 일일까? 오늘은 엘리사의 졸업식이 있다.

고등학교 졸업반이었던 열여덟 살 때의 엘리사를 다시 생각하니 울컥한다. 앞길을 환하게 밝히는 무한한 가능성으로 엘리사는 몹시 흥분해 있었다. 그 많은 가능성들은 단 하나의 선택으로 인해 미끄러지듯 사라질 것이고, 수증기처럼 날아갈 것이다.

나는 사피엔차 대학의 인문학부 건물로 들어갔다. 엘리사의 차례인 걸 보니 시간에 맞게 도착했다.

엘리사의 팬은 나 혼자가 아니었다. 많은 사람들이 강의실 안에 북적였다.

엄격하고 침착한 여교수조차 항상 공부했던 이 금발머리 학생을 편애하는 듯했다.

엘리사의 졸업 논문 제목은 「에밀 졸라의 『삶의 기쁨』에 형상화된 여성들」이었다. 엘리사는 눈의 전력을 최대한으로 밝히고 팔을 흔들면서 논문의 내용을 빠르게 발표하기 시작했다.

여교수가 질문을 하면, 엘리사가 대답했다. 엘리사는 졸라의 화신 같았다. 엘리사가 곧 『삶의 기쁨』이었고, 엘리사란 인물을 졸라가 창조해 낸 듯했다. 자신이 가지고 있는 모든 페르소나를 집요하게 엘리사에게 전달한 것 같았다.

110점 만점에 칭찬까지 더해지자 졸업식은 축제가 되었다.

엘리사가 7년 전에 그랬던 것처럼 내 팔을 붙잡더니 이렇게 말했다. "금방 가실 거 아니죠? 뒤풀이에 오실 거죠? 요즘 유행하는 술집을 싫어하셔도, 제가 선택한 곳이니 선생님도 좋아해 주실 거죠? 네?"

어떻게 싫다고 말할 수 있을까.

"10분 정도 일 보고 갈게."

하루가 짧다. 나는 날마다 작은 미션을 완수해야 한다.

10분을 어떻게 보낼지 생각하며 주위를 둘러보았다.

타이트한 붉은 원피스에 하이힐을 신은 여학생이 논문을 겨드랑이에 끼고 엘리사가 방금 나왔던 강의실로 들어가고 있었다. 여학생 뒤에는 친구 두 명과, 부모님이 있었다. 그리고 나도 있었다.

학생의 어머니가 나를 보고 미소를 지었다. 내가 누구인줄 알았을까. 나는 10분 후에 나갈 생각으로 강의실 문 옆에 조용히 서 있었다. 최소한 졸업식을 방해하고 싶지 않았다.

붉은 원피스를 입은 학생이 몸을 떨었다. 몇 분 전까지만 해도 나도 엘리사처럼 긴장과 감동으로 몸을 떨었는데, 이 학생이 느끼는 긴장감은 전혀 와 닿지 않았으며, 오히려 우스꽝스러웠다. 그냥 졸업식일 뿐이란다. 별거 아니야. 하지만 엘리사가 졸라에 관한 논문을 발표하는 동안에 나는 눈물을 세 번이나 닦아 냈다.

우리와 상관이 없을 때, 인생은 얼마나 불합리한가.

어쨌든.

붉은 원피스를 입은 여학생은 자신의 논문을 발표했다. 플로베르의 『보바리 부인』에 영향을 받은 현대 소설을 분석하고 있었다. 여학생이 프랑스어로 논문을 발표했기 때문에 나는 내용을 이해하지 못했으며, 몇 가지 개념만 대충 알아들었다. 여학생의 목소리가 너무 작아서 나는 졸음을 참느라 억지로 눈을 떴으며, 10분이 빨리 지나가기를 바라는 마음에서 시계만 쳐다보았다. 그러나 소용없었다. 고작 4분이 흘렀을 뿐이다.

우리와 상관이 없을 때, 인생은 얼마나 불합리하고 지루한가.

하지만 지도교수가 끼어들었기 때문에 그 생각을 오래 할 시간이 없었다. "엠마의 딸인 베르트 보바리에 대해서는 어떻게 생각하나요?"

졸업생은 이탈리아어로 말했다. "어머니와 완전히 대립하는 인물입니다."

"설명해 봐요."

"보바리 부인은 자신이 가진 것에 절대 만족하지 못하고, 그 가치를 모르지만, 베르트는 그렇지 않습니다."

"그래요." 여교수가 말을 이었다. "야망이 더 크지 않았기 때문에 자신의 삶에 더 만족할 수 있는 겁니다."

그 말을 듣자 뭔가 차가운 것이 등줄기를 타고 내려왔다.

시간이 얼마나 지났는지 시계를 볼 새도 없이 원피스를 입은 모르는 여학생의 졸업식을 끝까지 지켜보았다.

여학생이 103점을 받았을 때, 나는 기분이 상했다.

이윽고 엘리사와 친구들이 있는 곳으로 갔다.

야망이 더 크지 않았기 때문에 자신의 삶에 더 만족할 수 있는 겁니다.

맞다. 바로 그렇다.

하지만 중요한 것은 이것이다. 어떻게 그럴 수 있지?

어떻게 하면 될까?

우리가 마지막으로 함께했던 시기 남편은 피곤해 했고, 정신이 딴 데 가 있었다. 조용히 그것을 받아들여야 했을까? 남편과 같이 보내는 시간을 더 줄였다면 남편이 더블린으로 도망가지 않았을까? 비카렐로와 잡지 칼럼을 그리워하지 않았다면, 지금에 순응했다면, 내 삶에 더 만족했을까? 그런 게 바로 행복이란 걸까? 아니면 그것이 행복을 포기하기 위한 방법일까? 우리는 선택을 해야 할까? 모두가? 엠마처럼 행복할래, 아니면 베르트처럼 행복할래? 엠마처럼 불행할래, 아니면 베르트처럼 불행할래?

www.youporn.com

오늘 아침 아토는 학교에 갔다. 학교 끝나고 곧장 쉼터로 돌아갈 것이다. 나는 소설을 썼다. 계속 작업을 했다.

나도 이럴 줄은 몰랐고, 믿기지 않았다. 그러나 이제 평온을 찾았다.

내게 글쓰기는 깊이 알고 지낸 사랑하는 사람과 하는 섹스와 같다.

아직 성적 욕망이 있는 한, 연인과 헤어졌다고 해도 그렇게 재미난 것을 이제 할 수 없다며 걱정하지 마라. 새로운 것을 찾을 수 없다며 걱정하지 마라. 당신도 할 수 있으니 걱정하지 마라. 즉시 찾아보라. 이리 와 보라.

첫 키스를 남편과 했고, 첫 경험 상대도 남편이었다.

열여덟 살에 우리는 사귀었으며, 그러다 헤어졌고, 잠수를 탔고, 뒤를 쫓았다. 그리고 마침내 결혼했다.

그와 헤어져 있는 동안에는 다른 사람을 만나기도 했지만, 그때마다 후회했다.

헤어졌다 다시 만날 때마다 우리는 더욱 가까워졌고, 서로에 대해 더욱 깊게 알게 되었고, 더욱 사랑하게 되었다.

우리의 섹스는 늘 자연스럽고 강렬했다.

어떻게 그럴 수 있는지 모를 정도로 말이다.

그런데 자석처럼 자동으로 반응하던 몸이 무뎌지기 시작했다.

주말에 여행을 한번 떠나기만 해도, 일상에서의 짧은 도피에도 우리는 쉽게 자극 받았다. 호기심 넘쳤고, 서로를 더 활발하게 원했다. 유쾌해 했고, 즐거워했고, 멜랑콜리해졌다.

하지만 새로 이사한 로마의 집에 도착하자마자 집에 부석이라도 붙여 놓은 양 우리의 팔과 다리와 혀는 맥없이 떨어졌다.

엠마 보바리 및 베르트 보바리와 관련된 어떤 것인 듯하다.

이런 것 말이다. "그에게 손을 대면 당신은 기뻐할 것이고, 마지막으로 행복할 것이다. 그러나 당신에게 있던 무엇인가는 영원히 사라질 것이다."

우리는 비카렐로에서 가출한 학생들처럼 살았다. 가까운 곳에 살던 친정 부모님이 우리를 지켜보며 때에 따라 잔소리를 하기도 했다. 우리 사이에 나쁜 일이 있으면 부모님을 탓했고, 좋은 일은 우리가 잘난 덕분이었다.

그러나 로마에서는 모든 것이 변했다.

잡지 칼럼 취재 때문에 이 거대한 도시를 두 발로 누비다 집에 돌아오면 나는 소파에 털썩 주저앉아 내가 얼마나 피곤한지, 비카렐로 고향집이 얼마나 그리운지 불평을 늘어놓았다.

남편은 법원에서 하루를 보내고 집에 돌아오면 안락의자에 몸을 던진 채 티비를 켰다.

소송에서 이기면, 내 발을 마사지 해 주었다.

소송에서 지면, 우리는 싸움을 했다. 내가 왜 쓰레기를 버리지 않았는지, 그가 왜 쓰레기를 버리지 않았는지, IPTV 정기권을 왜 갱신하지 않았는지, 왜 시아버지의 생신을 기억하지 못했는지, 왜 나는 이제 갈래머리를 땋은 열여덟 살 소녀가 아니고, 그는 분노를 억누르고 있는 노란 눈의 열여덟 살 소년이 아닌지.

한번은 침대에 누워 친구들에게 남편이 얼마나 멍청한 놈인지 한탄하는 문자를 마구잡이로 보낸 적도 있었다.

남편은 포르노 사이트에 접속했던 것 같다. 잡지 칼럼 때문에 만난 적이 있는, 네 번 이혼하고 여섯 마리 고양이와 살고 있는 어떤 남자가 그건 흔한 일이라고 했다. "아내가 10시에 잠들면, 남자는 포르노 사이트에 접속합니다. 나야 이혼남이니 곧장 포르노 사이트에 접속을 하지요. 그다음엔 고양이에게 밥을 주고 나서 쿨쿨 자는 거죠."

나와 남편은 끝난 것일까?

더블린으로 떠나기 전에, 뉴욕으로 도망치기 전에 남편은 이미 그것을 알고 있었다. 남편은 포르노 사이트에 접속해서 내가 줄 수 없었거나, 그가 내게서 받을 수 없었던 자극을 찾았다.

나는 소설을 쓰던 파일을 닫고 주소를 쳤다.

www.youporn.com

남편이 어떻게 했기에 내가 지금까지 포르노에 흥미를 보이지 않았는지 모르겠다.

포르노가 무엇인지 알기 위해서 10분은 너무 짧음을 곧 알아차렸다. 옵션이 너무 많았고, 공급량이 너무 많았다.

아마추어 포르노, 레즈비언 포르노, 흑인, 모델 벨렌의 사진, 성인 전화 채딩, 어덜드 아마추어(Adult Amateur), 어덜트 이바타 채팅방(Adult Avatar Chat Rooms)……

나는 처음이니 아마추어 비디오 항목을 클릭했다.

거기서 11분짜리 영상을 골랐다.

여자는 금발이긴 했지만, 전체가 금발은 아니었다. 다소 살집이 있었고, 쳐진 엉덩이, 커다란 유방에다 흰색 레이스 국부가리개를 입고 있었다.

등에 매 문신을 한 남자는 선글라스를 꼈고, 섬세하게 근육을 다듬어 몸매가 좋았다.

햇빛을 보니 초여름 오후가 시작될 무렵이었다.

남자가 여자의 몸 위로 올라간다. 4분 동안.

여자가 남자의 몸 위로 올라간다. 2분 동안.

남자가 로봇 마스크를 쓰자, 여자는 스파이더맨 마스크를 쓰고 침대 밑에서 무릎을 꿇는다.

지루했다.

내 전화에는 잡지에 소개했던 주인공들의 전화번호가 아직도 많이 저장되어 있었다. 여러 번 이혼한 남자의 전화번호를 찾았다. 나는 그에게 문자를 보냈다. '지금 포르노 사이트에 접속해서 포르노를 보고 있는데, 차라리 동물의 왕국이 더 재밌어요. 영상을 잘못 고른 걸까요? 내가 실수한 거예요? 키아라 G.'

금발머리 여자가 남자를 맞이할 모든 준비를 하고 입술로 손가락을 깨물면서 카메라를 응시하는 동안 그 남자가 답장을 보냈다. '안녕하세요, 키아라! 어떤 영상인지 자세히 말해 봐요. 당신이 그렇게 의기소침한 건 이런 종류의 성관계에 반감을 가지고 있기 때문이 아닐까요? 요즘 같은 향락의 시대에? 추잡한 상상으로 성욕을 해소하는 나 같은 남자들을 생각했기 때문인가요? 아니면 당신이 더 이상 성적 매력을 어필할 수 없어서 기분이 우울하기 때문인가요? 첫 번째, 두 번째 혹은 세 번째 중에 어떤 거지요?'

도와줘. 글쎄 그건 나도 모르겠다.

세 번째요. 그리고 내가 섹스를 하지 않는 건, 솔직히 말해 그것에 별로 관심이 없기 때문인 것 같아요.

당신이 건강한 거예요. 이혼남이 답장을 보냈다.

그리고 잠시 후 이런 문자를 보냈다. '하지만 당신은 자기애가 너무 강해요. 아무튼 당신은 몸으로 경험하지 않고도 그와 똑같은 효과를 보고 싶은 거죠? 그래도 될 수 있으면 보지 말아요.'

'우리와 상관없는 인생이라면, 그것을 상상해라.' 하고 말하는 것 같다.

남자가 로봇 가면을 벗자, 카메라가 즐기고 있는 그의 얼굴을 그대로 비추었다.

미남인가?

추남인가?

그냥 남자의 얼굴이다.

우리와 상관없는 인생은 불합리하고 지루하기도 하지만 환상적일 때도 있다.

십자수

가로 십자수

— 천의 작은 눈금들을 기준점으로 삼는다.

— 바늘(천과 동일한 색의 실을 꿴다)을 천의 뒷면에 넣어 곧장 빠져 나가게 한다. 눈금의 하단 왼쪽 모퉁이에서 상단 오른쪽을 향해 사선으로 수를 놓는다.

— 왼쪽 아래에서 나와서, 오른쪽 위로 들어간다. 그리고 다시 오른쪽 아래에서 나와서 왼쪽 위로 들어간다.

— 눈금의 하단 왼쪽 모퉁이로 바늘을 나오게 하여 사선이 만나는 점에 바늘을 넣는다.

― 그런 식으로 사선이 만나는 점들이 모여 선이 되도록 수를 놓는다.

― 십자가 되도록 하기 위해 사선으로 수로를 놓는다.

주의할 점: 필요할 때 실의 색상을 바꾼다(고슴도치는 밤색, 심장은 빨간색, 덤불은 초록색).

실을 다 쓰면 실을 천의 뒷부분으로 보내 이미 놓은 십자수 밑으로 실을 끼운다.

수예점에서 만난, 거북등무늬 다초점 렌즈 안경을 쓴 노파가 내게 그렇게 메모해 주었다(나는 이것을 다시 베껴 썼다).

이 세상에 그런 장소가 있으리라곤 상상도 못했다.

그것도 이렇게 번화한 거리에. 우리 집에서 세 블록 떨어진 곳에 있었다. 나의 집에서.

남편이 나를 항상 미스터 마구라고 부른 이유는 이렇다. 만화영화와 만화책에 등장하는 미스터 마구처럼 나는 넘어지고, 발이 걸려 쓰러지고, 위험한 줄도 모른다. 나는 운전할 줄 모르고, 일주일 전까지만 해도 내 손으로 뭔가를 요리할 수 있으리라고는 전혀 생각하지 못했다. 근본적으로 내 두 손이 문제다. 뭔가 떨어지려는 것을 잡아야 할 때, 내용물이 떨어지지 않도록 컵을 꼭 잡고 있어야 할 때, 리모컨 전지를 갈거나, 전구를 빼야 할 때 그 자리에는 항상 내 손이 있었다. 이때 내 손은 마치 두 개의 팬케이크처럼 변해 버리고 만다. 그렇다. 힘이 약하고, 기름칠을 한 듯 미끄럽고, 시럽처럼 끈적거린다.

내 손이 일부러 그런 것도, 내가 일부러 그런 것도 아니다. 내가 구멍을 헷갈려 티비에 DVD 플레이어가 아니라 전화기를 연결할 뻔했을 때, 어느 날 저녁 엘리베이터를 타고 올라가다가 불가사의하게도 들고 있던 포도주 병이 계단통으로 미끄러졌을 때, 남편은 내 손이 문제라고 의심했다.

내 손이 그랬다.

"태고의 우아한 수예기술"(수예점 출입문에 전시되어 있는 수많은 잡지 중의 하나가 소제목을 그렇게 달고 있었다)이 내 손에는 선험적으로 불가능하다.

이런 수예점이 있는지 지금까지 알아채지 못한 것만 봐도 그렇다.

헬스장에서 돌아오는 길에 오늘은 무슨 일로 10분을 채울지 생각하느라 수예점 안으로 들어가다가 발이 걸려 넘어질 뻔했다. 흔한 수예점이었다. 어둡고, 먼지가 가득했고, 선반과 작은 서랍들이 무수해서 수수께끼 같은 분위기를 풍겼다. 선반마다 털실을 색깔 별로 정리해 두었고, 세심하게 포개어 놓은 남은 천들은 '나를 사세요. 나를 사 가세요.' 하고 말하는 것 같았다. 계산대 뒤에서 바쁘게 움직이는 노파를 보니 할머니가 생각났다. 그랬다. 노파는 요정처럼 보였다. 골격이 가늘고 행동이 민첩했으며, 머리카락은 하얀 뭉게구름 같았다. 불현듯 챙이 넓은 밀짚모자를 쓰고 고무장화를 신은 채 비카렐로 집 텃밭에서 잡초를 뽑으며 일을 하던 할머니를 다시 만난 것 같았다. 할머니는 5월의 어느 날 아침 인사도 없이 주무시다가 가셨다. 이 세상에서 살던 모습 그대로 가볍게 떠났다. 그때 나는 열여덟 살이었고, 할머니가 돌아가시고 열흘 후에 남편을 만났다. 할머니가 남편을 만나지 못하고 떠나신 것이 서운했다. 많은 일을 겪고 난 지금도 그것이 못내 서운하다.

계산대로 가서 수예점에 들어온 이유를 노파에게 말했다.

"저는 수예는 젬병이에요. 그래도 날마다 10분 동안 생전 처음 시도하는 일을 해 봐야 해요." 물기 어린 노파의 눈이 두꺼운 돋보기 뒤에서 내 눈을 바라보았다. 노파가 미소를 지으며 말했다. "정말 멋진 아이디어네." 노파가 작은 손으로 박수를 쳤다. 한 번. 두 번. 노파는 수많은 상자를 뒤적거리더니 십자수 실과 바늘을 꺼냈다. 고슴도치와 하트, 덤불 그림이 인쇄된 천도 꺼냈다.

"눈금이 조금 큰 천이에요. 초등학생도 할 수 있으니 걱정 말아요." 노파가 나를 안심시켰다. 초보자이니 가장 쉬운 기술부터 시작하라고 충고했다. "이것 보이죠? 바늘을 넣어 여기로 꺼내고, 여기서는 또 이쪽으로 꺼내기만 하면 돼요. 그다음에는 저쪽으로 꺼낸 다음 다시 되돌아가는 거예요. 명심할 점은……" 노파는 천에서 움직이는 작은 손만큼이나 빠르게 말했다. 하지만 내가 조금도 따라할 수 없으리란 걸 재빨리 눈치챘다. 그래서 내게 메모를 써 주었던 것이다.

노파는 헤어질 때 이런 말로 나를 격려해 주었다. "우리는 꼭 다시 만날 거예요. 한번 수를 놓기 시작하면 절대 그만둘 수가 없거든요!"

사선의 점이 뭔지 몰라 수를 놓지 못하고 있는데 노파의 마지막 한마디가 마음속으로 울려 퍼졌다. 시계를 보았다. 2분이 지났다. 그 시간이 영원히 끝나지 않을 것 같았다. 나는 수를 놓기 시작했다. 고슴도치부터 시작했다. 하트 먼저 수를 놓는 것이 나을 뻔했다. 밤색 실을 빼고 붉은색 실을 꿰었다. 이건 더 괴로운 일이었다. 내가 뭘 잘못했을까? 이 빌어먹을 바늘을 어디에 꽂아야 정확한 눈금에 들어갈 수 있는 걸까? 모든 게 너무 복잡해서 할 수가 없었으며, 실은 제멋대로 들쭉날쭉했다. 바늘이 너무 두꺼운가 싶으면 눈금이 너무 작았고, 바늘이 너무 작다 싶으면, 눈금이 너무 컸다.

10분이 지나고 천의 뒷면을 보니 커다란 매듭들이 뒤죽박죽 엉켜 있었다.

분명 노파가 초등학생이라도 할 수 있을 거라고 말했는데, 이런 것도 못하다니.

조만간 노파를 다시 만나기는 어려울 듯싶어, 나는 조금 섭섭

했다. 그래도 십자수는 나하고 정말 안 맞는다. 처음으로 10분 게임에서 실패를 한 것 같다.

하지만.

하지만 세상에 우리 할머니와 닮은 노파가 있다고 생각하니 마음이 따뜻해진다.

그것도 내가 사는 동네에. 우리 집에서 세 블록 떨어진 곳에. 우리 집이 아니라 내 집에서.

엄마에게 안부를 묻다

수예점 노파와 돌아가신 우리 할머니 때문이었을까, 오늘은 정말 비카렐로에 가고 싶은 마음을 견딜 수가 없었다.

소설을 좀 쓴 다음 엄마에게 전화를 걸었다. "점심때, 집에 계셔?"

"물론 집에 있지."

"그럼 이따 집에 갈게. 기다려."

비카렐로행 기차를 탔다.

늘 타던 기차를.

집에서 나와 외출하거나 귀가할 때 수없이 많이 탔던 그 기차였다. 이 기차를 타고 칼럼 취재를 나갔고, 남편의 사무실을 깜짝 방문했고, 영화를 보러 갔고, 편집자와 회의를 하러 갔고, 소설을 소개하러 갔고, 산부인과, 치과에 갔다. 그리고 집으로 돌아왔다.

집에 왔다. 정말로 집이다. 그냥 집이다. 영원한 나의 집.

엄마가 기차역에서 나를 기다리고 있었다. 엄마는 피곤해 보였고, 이유 모를 빠른 걸음으로 걸어왔다. 나를 보고 반가워했지만, 내가 기차에서 내리자마자 왜 몸이 이렇게 말랐냐며 나무랐다. 나의 엄마.

우리는 서로 얼싸안았다.

"이거 받아." 나는 오븐용 그릇이 담긴 꾸러미를 똑바로 들려고 애쓰면서 엄마에게 내밀었다.

"이게 뭐니?"

"티라미수. 내가 만들었어."

"네가?" 엄마가 웃으셨다.

"응. 내가." 나는 진지하게 말했다. "인터넷에 레시피가 올라온 사이트가 있거든. 오늘은 티라미수를 만들어 보고 싶었어. 엄마 이거 좋아하지?"

"그럼, 그럼." 엄마는 계속 웃었다. 못 믿는 것 같았다. 내가 티라미수를 만들었다는 말이 농담처럼 들린 모양이었다. 당신 딸이. 이런 일에 서투른 어린 딸이. 티라미수를. 물론 그렇고말고.

부모님은 내가 자란 집을 내게 넘겨주고, 버려진 헛간 같은 곳을 개조하여 같은 동네에 더 작은 집을 지었다. 그리고 그곳에서 살았다.

두 달 전, 드디어 리모델링 공사가 끝나자 부모님은 옛집으로 돌아갔다. 그 리모델링 공사 때문에 남편과 나도 로마로 유배되었던 것이다. 부모님께서 사시던 낡은 집은 연금생활을 하고 있는 독일인 부부에게 임대했다.

"네가 사는 로마의 집 계약 기간이 끝나는 날에 독일부부에게 빌려 준 집도 기간이 만료된다." 부모님은 쉬지 않고 나를 설득했다. "너만 좋다면, 집에 돌아와도 돼. 우리는 다시 그 집으로 돌아가마."

겨울인데도 날씨가 포근해서 부모님이 살던 집 뜰에서 독일인 부부가 카드놀이를 하고 있었다. 공기가 부드럽고, 하늘이 맑았다.

뜰에서는 우리 집 개 두 마리가 햇볕을 쬐고 있었다. 오늘은 정말이지 겨울 같지 않았다.

모든 것이 제 자리에 있었다. 나도 내 자리로 돌아왔다.

1년 전에도, 모든 것이 끝이라고 생각했던 때에도, 내 물건을 가지러 올 때마다 그렇게 제자리에 있었다. 집을 리모델링했어도 내겐 늘 똑같은 집이었으며, 단 한 시간을 있더라도 나는 그때로 돌아갔다. 남편이 더블린에서 전화하기 전, 잡지 원고를 쓰던 시절, 나의 확신, 나의 두려움이 있던 그 시절과 똑같은 집이었다.

결국 모든 것에 조금씩 익숙해지듯 그때의 두려움마저 감미롭다.

하지만 현재 내가 느끼는 두려움은 새로운 것이다. 그것이 어떤 두려움인지 다 이해할 수도 없다.

확신은 사라졌다.

책을 찾으러 간다는 핑계를 대고 내 방에 들어왔다. 한밤중에도 엄마, 아빠를 찾던 침대가 있다. 그렇게 부모님을 불렀던 것은 부모님이 잠을 잘 때도 내 말을 듣고 있으리라고, 잠들어 있을 때도 나를 가장 소중한 존재로 생각한다고 확신했기 때문이었다. 학교 다닐 때 읽던 책들을 꽂아 둔 선반이 아직도 저기 있다. 책들도 그대로 있었다. 남편이 읽던 사법 책과 형사소송 책도 있었다. 사방의 벽면에는 나와 남편의 사진이 걸려 있었다. 캄보디아에서 찍은 사진, 중국, 멕시코, 칠레, 코스타리카, 암스테르담, 그리고 오래된 헛간 앞뜰에서 찍은 사진들이었다.

옆방에는 어렸을 적부터 남동생이 잠을 잤다. 남동생은 밀라노에서 공부했고, 지금은 베를린에서 일한다. 내가 사랑했던 이 큰 집에서 혼자 살 때는 남동생의 방을 잔피에트로에게 빌려주었다. 잔피에트로는 반짝거리는 공단 셔츠와 스타일리시한 구두로 옷장을 가득 채웠다. 다음에는 이탈리아 동성애자 단체인 아르치게이와 민주당의 회원증 및 신문들로 옷장을 채운 카를로에게, 요리사로 일했던 빈첸초에게, 배우 지망생이었던 이고르에게 빌려주었고, 승마기수인 알렉산드리아에게 빌려주었다. 알렉산드리아는 말을 타고 비카렐로 주변의 들판을 자유롭게 돌아다녔다.

나는 담배 한 보루를 들고 잔피에트로를 찾아갔고, 우리는 함께 웃고 떠들거나 울었다. 내가 불안에 빠져 짜증을 내면, 잔피에트로도 불안해져 짜증을 냈다. 아침마다 우리는 서로에게 지옥에나 가라며 욕을 했지만, 저녁이면 함께 노래방에 가서 미나의 노래를 부르면서 밤을 꼴딱 샜다.

카를로와는 나도 모르는 사이에 결혼 연습을 했다. 우리는 서로 돌아가며 남편이나 아내 역할을 했다. 보호가 필요한지 아니면 침대를 정리하거나 뜨거운 물주머니를 배에 올려 줄 사람이 필요한지에 따라 남편이 되거나 아내가 되었다. 진짜 결혼과 달리, 우리의 우정은 카를로가 유럽 의회 일로 브뤼셀에 살게 된 후에도 달라지지 않았다.

빈첸초와 이고르는 낮에만 간신히 얼굴을 볼 수 있었고, 알렉산드리아는 나와 말이 잘 통하는, 좋은 사람이었다.

그다음에는 남편이 왔다. 물론 그 전에 온 적도 있었다. 잔피에트로와 살 때, 카를로가 있던 때, 빈첸초, 이고르 및 알렉산드라가 지내던 때도 왔었다.

그 시절 평범한 일상을 살았지만 미래는 불투명했다. 그래도 나름대로 완벽한 시절이었다. 나는 늘 그랬듯이 머리와 가슴 사이에 괴물을 품고 살았지만, 집에서 생활할 때는 이 괴물들이 성질을 부리지 않았다. 대학생인 남편이 나, 잔피에트로와 함께 저

넉 식사를 하거나, 주말에 우리 집에서 잠을 자거나, 카를로가 우리가 자는 침대까지 아침 식사를 가져다주었을 때. 남편이 나, 알렉산드리아와 함께 승마를 하러 갈 때, 벽난로를 지펴 두고 모두 그 앞에 앉아서 불을 바라보고 있었을 때, 수다를 떨면서 초콜릿이나 사탕 따위를 먹고 있는데, 엄마가 노크도 없이 모두를 위해 야채와 치즈, 햄을 잔뜩 들고 왔을 때…… 내 안에 살던 괴물들은 온데간데없이 사라졌다. 괴물들은 우리 옆에 없었다.

남편과 내가 대학을 졸업했다. 나는 첫 소설을 출간했고, 남편은 국가고시에 합격했다. 나는 두 번째 소설을 출간했다. 알렉산드리아가 토리노로 이사 갔을 때, 우리는 누가 먼저랄 것도 없이 동거 예행연습을 하자고 했다. 하지만 예행연습도 필요 없이 우리는 곧 자연스레 함께 살 수 있었다. 여기 로마에서는 함께 사는 것이 그리 힘들었는데 말이다.

엄마와 나는 토마토와 모차렐라 치즈를 먹었다.

토마토는 물론 텃밭에서 따온 것이다.

"이젠 티라미수도 만들 줄 알고. 텃밭도 가꿀 수 있겠구나."

"엄마한테 텃밭 가꾸는 기쁨을 빼앗고 싶지는 않아."

엄마가 미소를 지었다. 언젠가 남편도 양배추 씨를 심은 적이 있었다. 하지만 일주일이 지나자 어디에 씨를 심었는지 기억하지도 못했다.

죽을 때까지 부모님들이 평생 하시는 그런 일들이 있다. 우리는 그 일을 하지 않거나 잘 못한다. 할 사람이 따로 정해져 있었기 때문이다. "그런 일은 엄마, 아빠가 생각하실 거야."

엄마, 아빠는 우리를 생각한다.

"요즘 어떻게 지내니?"

"그냥. 소설을 쓰고 있어. 이건 좋은 소식이고. 좋은 소식은 그게 다야."

"이 또한 지나가리라. 시간이 지나면 괜찮을 거다."

"그렇겠지. 여기는 어때? 마테오랑 통화한 게 한 달 전인데."

"키아라, 마테오가 제법 통통했잖아. 전화 한번 해 봐. 새 일을 맡아서 정신이 없단다. 베를린으로 전근간 뒤로는 밥 먹을 시간도 없단다. 너보다 더 말라서 뼈밖에 없는 것 같아…… 잘 돼야 할 텐데. 전화해 보니 애가 신경이 너무 예민해 있어. 아빠는 그게 정상이라고 하는데, 엄마는 마테오가 아버지처럼 되는 건 싫단다. 오, 하느님. 아빠 나이가 일흔 하나야. 그런데 자기가 무슨 마테오처럼 젊은 양 저렇게 일에 미쳐있지 않니. 일하는 동안은 행복하시겠지. 그래도. 항상 긴장해 계셔서 그런지 심기가 불편하서. 다행인 건 지난주 일요일 점심밥 드신 다음 정원에 달아 놓은 해먹에 누워서 한 시간 정도 쉬셨단다. 그럴 땐 꼭 어린애 같으셔. 너도 봤어야 했는데. 더구나 아빠가……."

나는 엄마의 말을 끊고 물었다. "그런데 엄마는? 엄마는 어떻게 지내?"

엄마 말을 듣는 동안 불현듯 섬광 같은 것이 떠올랐다. 시계를 응시하면서 재차 물었다. "엄마는 어떻게 지내는데?"

엄마가 일어나더니 식탁을 치우기 시작했다. "말했잖아, 키아라. 마테오와 아빠 때문에 속상하다고. 물론 너를 보고 있어도 그렇지. 네 신랑이 마지막으로 전화한 때가 언제니?"

나는 엄마의 팔을 붙잡고, 자리에 앉히며 말했다. "엄마, 정말 궁금해. 요즘 어떻게 지내는지 말해 줘."

"접시를 설거지통에 담가야 해, 키아라."

"나중에 내가 할게. 걱정 마."

"그래 놓고 하지도 않을 거면서."

"그럼 그때 엄마가 하면 되고. 일단 나중에 해. 지금은 여기 앉아. 적어도 10분 만이라도."

엄마는 당황해서 내 얼굴을 보았다. 그리고 자리에 앉았다.

"그래서?"

"그래서라니? 너 정신줄 놓은 거냐?" 엄마는 정말로 나의 정신 건강이 염려스러운 듯 내 얼굴을 빤히 쳐다보았다.

"엄마, 왜 그래? 엄마가 어떻게 지내는지 알고 싶은 것뿐이야."

"잘 지내지. 네가 잘 지내는 것처럼."

"음."

"음."

"병원에서는 어때? 모든 게 잘 돌아가고 있어?"

엄마는 비카렐로 고아원에서 교사로 일했다. 그리고 12년 전에 정년퇴임을 한 다음 로마의 산 조반니 병원에서 자원봉사 일을 시작했다.

바로 이 순간 깨닫는다. 깨닫는 이 순간 나는 부끄럽다. 그동안 엄마의 안부를 한 번도 물어보지 않았는데, 엄마는 평생을 내 동생과 아버지와 나의 안부를 챙기느라 여념이 없었다. 나는 단 한 번도 엄마가 병원에서 무슨 일을 하는지 물어본 적이 없었다. 일을 시작한 지 12년이나 되었는데. 12년.

"그럼, 잘 되고 있지." 엄마는 짜증을 냈다. 앉아 있는 게 편치 않은 모양이었다. 식탁을 치워야 하고, 식기세척기를 돌려야 할 때는 더 그런 것 같았다.

"엄마?"

"그래."

"병원 자원봉사는 어떻게 시작하게 된 거야?"

"키아라, 이제 그만하자." 엄마는 다시 일어났다. "무슨 일이야? 장난하는 거냐?"

다시 엄마의 팔을 끌어당겨 의자에 앉으라고 했다.

"장난하는 거 아니야, 엄마. 남편이 떠나고, 고향 집도 떠난 뒤부터, 어떻게든 살아야 하는데도, 꼭 죽을 것만 같았어. 엄마도 알잖아. 그래서 의사선생님이 이런 제안을 하셨어. 한 달간 하루에

10분씩 난생 처음 하는 일을 해 보라고 말이야.”

의사라는 말에 엄마는 긴장을 풀고 마음을 가라앉히는 것 같았다. 10분 이야기가 무슨 말인지 이해하지 못했지만, 자식의 문제를 해결할 수 있는 방법이리라 생각하는 듯 했다. 그래서 기꺼이 응했다. “이 엄마가 너를 위해 무얼 해 주면 좋겠니?”

“엄마에 대해 말해 줘. 병원 이야기. 한 번도 해 준 적 없잖아.”

“아무도 묻는 사람이 없으니 말하지 않았지.” 엄마는 눈을 내리떴다. “너하고 마테오, 아빠에게 많은 문제가 있잖아. 엄마만 문제가 없구나.”

“어서, 엄마. 얘기 좀 해 줘.”

드디어 엄마가 이야기를 시작했다. 자원봉사 단체의 이름은 아르바스이다. 아르바스 회원이 되려면 강좌를 이수해야 했기에, 엄마는 그렇게 했다. 지금은 산 조반니 병원에서 다른 자원봉사자들과 함께 혈액내과에서 일을 했다.

“주로 무슨 일을 해?”

“우리들은 환자들이 병원 행정 업무를 신속히 처리할 수 있도록 도와주지. 우리는 환자들을 맞이하고, 환자들의 점심과 저녁 식사를 돕는단다. 그러니까 환자들의 친구인 셈이지.”

“어떻게 하는데?”

“함께 대화를 하지. 환자들에게 책을 읽어 주고, 병원 복도에서 벼룩시장을 열기도 해. 지난달부터는 신문도 만들었어. 우리 자원봉사자들이 요리 레시피며, 서평, 그리고 병동의 사건 사고를 쓴단다. 신문은 병실에 배포하지." 나는 엄마를 보았다. 엄마가 나를 보았다. 엄마는 다시 눈을 내리떴다. 얼굴이 빨개진 걸까? 그렇다, 얼굴이 빨개졌다. "있잖아, 환자들에게 설문조사를 정기적으로 한단다."

"왜?"

"환자들이 병원이 제공하는 서비스를 평가하기 위해서란다. 환자들은 '불필요', '필요', '꼭 필요' 항목에 체크할 수 있어."

"그래서?"

"우리 자원봉사자들은 항상 '꼭 필요' 항목에 체크가 되어 있지." 엄마는 눈을 바로 떴다. 그리고 자랑스럽게 미소를 지었다.

엄마는 언제 해낸 거지? 아르바스 강좌를 언제 수강한 걸까? 나는 그때 무슨 근심이 있었기에 그런 것도 눈치채지 못했을까? 엄마가 산 조반니 병원에서 벼룩시장을 열었을 때, 잡지 칼럼을 쓰느라 어느 집 주부를 인터뷰하고 있었을까? 편집자하고 무슨 일로 논쟁을 하고 있었을까? 나는 그때 무엇을 하고 있었지? 부엌에 들어가서는 신작 소설의 첫 구절을 찾지 못해 엄마에게 미친 듯이 화를 냈을까? 다음 날이면 잊어버릴 이유 때문에 남편과 싸웠다며 울면서 전화를 하고 있었을까? 그랬을 것이다. 하지만 엄마는 어땠을까? 병원에서 일을 시작했던 첫날 무슨 생각을 했을까? 실수할까 두려웠을까? 죽음이 단지 대화를 위한 도구나 미래의 가정, 생각이 아닌 것이 될 때, 죽어 가는 사람들을 옆에서 지켜보면서 엄마는 어디에서 생명을 끌어냈을까? 죽음이, 여러분, 나 여기 있어요, 나는 조만간 올 수도 있고, 지금 당장 올 수도 있어요, 하면서 하루 종일 따라다니는 곳에서. 하루 종일 죽음의 위협을 받는 곳에서 이 죽음이란 놈을 어디에 두었을까?

하지만 무엇보다도 궁금한 것은 이것이었다.

"특별히 애정을 느꼈던 환자는 없었어?"

"항상 있었지." 엄마는 또다시 눈을 내리떴다. 그리고 다시 눈을 치켜떴다.

"3년 전 백혈병으로 죽은 소녀가 있었단다. 예쁜 소녀였어. 정말 예뻤는데. 이름은 레티치아이고 열일곱 살이었어. 너처럼 수다쟁이였어. 꿈이 디자이너였지. 레티치아는 옷을 디자인하면서 하루하루를 보냈어. 날마다 디자인을 했단다." 엄마는 눈을 내리뜨더니, 한참을 그렇게 있었다. "레티치아가 죽자, 양품점을 운영하던 이레네가 레티치아가 디자인한 옷을 만들었어. 너한테 말했던 그 양품점 있잖아. 맨날 허수아비처럼 지저분한 옷이나 걸치지 말고 내가 한 번 가 보라고 했던 그 집 말이다. 레티치아와 같은 반 친구들이 모델이 됐지. 그건 정말 멋진 패션쇼였단다."

"패션쇼를 어디에서 했는데?"

"마리아 그라치아가 로마에 있는 저택을 빌려주었지."

"마리아 그라치아가 누구야?"

"엄마 친구."

"언제야?"

"언제야, 라니?"

"언제 패션쇼를 했냐고."

"3년 전에."

"나는? 그때 나는 어디에 있었는데?"

"얘야, 그걸 누가 알겠니? 왜? 너도 가고 싶었어?"

"……."

"너도 갈 수 있어. 가고 싶다면 말이다. 어제는 칼리아리 출신의 스튜어디스, 마리에타와 이야기를 했어. 너랑 나이가 비슷한데, 항암치료 때문에 차례를 기다리는 동안 이야기를 나누었어. 이런 말을 하더구나. '라우라, 우리 둘은 마음이 참 잘 맞아요. 여기서 나가면 우리 근사한 여행을 해요. 따님도 데려가요. 따님의 소설을 모두 읽었는데, 어떤 사람인지 알고 싶어요!' 마리에타가 그렇게 말했단다."

10분이 지난 지는 한참 되었다. 엄마는 한 30분 정도 이야기를 했다. 나는 잠자코 들었다.

이윽고 우리는 한동안 말없이 있었다. 우리의 침묵은 그동안 할 수 있었지만 못했던 그 모든 질문과, 아직도 듣지 못한 대답과, 레티치아의 의상과, 마리에타의 여행에 대해 이야기하고 있었다.

"저기, 엄마…… 크리스마스이브에……."

"걱정하지 마라, 키아라. 이미 여러 번 말했잖니. 아토와 친구 잔피에트로를 데리고 우리 집으로 와. 아무 일도 없었던 것처럼, 크리스마스이브가 아닌 것처럼 우리 함께 저녁 먹자. 그게 제일 좋을 거야. 우리도 안다. 너한테 쉽지 않은 일이겠지. 이혼한 후 처음으로 맞는 크리스마스라……."

"24일 저녁 엄마, 아빠, 마테오를 내 집에 초대하고 싶어." 말을 꺼내는 동시에 떠오른 제안이었다.

"네 집에?"

"응."

"요리는 누가 하는데?"

"잔피에트로가 음식 솜씨가 뛰어나. 나도 티라미수 만드는 법도 배웠고."

"……."

"아, 맞다. 우리 티라미수 먹어 보자."

엄마는 마치 스프링처럼 팅기듯 일어났다. 드디어 자리에서 일어나 그릇을 식기세척기에 넣더니, 빠른 몸놀림으로 부엌일을 했다. 그리고 잠시 후 내가 만든 티라미수를 가지고 왔다. 기차를 타고 오느라 조금 뭉개지긴 했지만, 근사해 보였다. 너무 달지도 너무 쓰지도 않았다. 아무튼 팬케이크보다 훨씬 나았다.

"훌륭하구나."

"크림 맛이 너무 무겁지 않아?"

"그런 것 같아. 마스카르포네 대신 필라델피아 크림치즈를 넣어봐. 그래도 맛있다. 정말이야. 봐라, 너무 맛있어서 한 번 더 먹잖아." 엄마는 한 조각 더 먹었다.

"미안해요, 엄마." 나는 후하고 숨을 몰아쉬었다.

엄마는 숟가락을 든 채 놀라서 말했다. "뭐가 미안하니, 아가야?"

"그동안 엄마가 어떻게 사는지 한 번도 물어보지 못했어요."

"너는 멋진 딸이란다. 네가 다혈질에 자기중심적이긴 하지. 그래도 넌 내 딸이야." 엄마가 두 팔을 벌렸다. "이리 오렴."

도둑질

나는 이제 엄마 아빠의 착한 딸이 아니다. 이제 열여덟 살 갈래머리 소녀가 아니다. 이제 착한 딸이 아니다. 이제 열여덟 살 갈래머리 소녀가 아니다. 파인애플&복숭아 맛 뮬러 요구르트를 주머니 속에 넣으면서 계속 그 말을 반복했다.

우리 집 밑에 있는 작은 슈퍼마켓 매장에서 위층으로 갔다가 다시 아래층으로 내려왔다.

그다음에는 아래층으로 갔다가 위층으로 올라갔다.

한 번 더 위층으로 갔다가, 한 번 더 아래층으로 갔다.

10분 동안. 그리고 나왔다.

난생 처음 도둑질한 것을 자축하기 위해 힙합 스텝을 밟았다.

브레이크, 클러치 그리고 당신의 이성

어제 오후 아토가 집에 와서 또 티라미수를 만들었다. 이번에는 엄마가 가르쳐 준 대로 마스카르포네 치즈 대신 필라델피아 치즈를 썼다.

재료의 양이 6인분이나 되었지만, 「뱀파이어 다이어리」 시즌3을 보는 동안 다 먹어치웠다.

새벽 네 시가 되도록 우리는 텔레비전 앞에 딱 달라붙어 있었다. 수저로 접시를 박박 긁고, DVD를 갈아 끼우면서 말이다.

오늘 아침 학교에 총회가 있기 때문에 아토는 늦잠을 잘 수 있었다.

나는 평소처럼 너무 일찍 잠을 깨긴 했지만, 몸이 무거워 일어날 수가 없었다. 커튼을 걷고 또 다른 하루를 시작할 수도 없었다. 반복되는 이런 일상과 거의 1년 동안 씨름을 하고 있었다.

아토도 잠을 깨자 나는 비카렐로에서 생각했던 크리스마스이브 계획을 말했다. "벌써 네 담당 선생님께 말씀 드렸어. 너만 좋다면 크리스마스 휴가를 여기서 보낼 수 있어. 24일 저녁 식사에 부모님과 동생을 초대할 거야. 피에라 이모도 올 거야. 요리는 이모가 하고. 네 생각은 어때?"

아토는 만면에 미소를 지었다. 내 생각이 마음에 들었던 것이다. 나는 팔레르모에 있는 잔피에트로와 시간 가는 줄 모르고 통화를 하는 일이 많다. 어느 날은 잔피에트로가 아토를 알고 싶다고 했다. 그래서 아토에게 수화기를 건네주었더니 둘이서 한 시간 넘게 통화를 했다. 통화라기보다는 잔피에트로가 수다를 떨고, 아토는 고개를 끄덕이는 편이었지만 말이다. "나보고 피에라 이모라고 부르래요." 통화를 끝내고 나서 아토가 말했다. 아토에겐 그다지 놀랄 일이 아닌 듯했다. 아토와 잔피에트로는 페이스북으로 안부를 주고받기 시작했다. "오늘 피에라 이모가 샤키라 영상을 보내 줬어요. 피에라 이모가 전동 칫솔로 이를 닦고, 한 달에 한 번은 미백제로 닦으라고 했어요." 여기서도 피에라 이모, 저기서도 피에라 이모. 아토는 잔피에트로에게 열광했다. 물론 새로 생긴 이모를 만날 날을 손꼽아 기다렸다.

"우리는 후식 담당이야. 어제 만든 티라미수는 맛있었지만, 크리스마스 때는 뭔가 더……."

휴대폰이 울렸다.

그 사람이었다. 그와 꽤 오래 전부터 통화를 못했다. 정확히 말하자면 이틀하고 반나절이 지났다. 서로 얼굴을 보지 못한 지는 더욱 오래 되었다. 13일이나 지났다. 모든 것을 함께 하기로 결심했던 사람과 떨어져 있기에는 너무나도 긴 시간이었다. 모든 시간을 함께 보내기로 한 사람에게는.

"안녕."

"안녕, 미스터 마구."

"안녕."

"뭐해?"

"아무것도. 당신은?"

"아무것도."

"아."

"응."

"응."

"음."

"……."

"오늘 저녁 시간 있어?"

"오늘 오후에 아토랑 「호빗」을 보러 갈 거야."

"영화 끝날 때 데리러 갈게."

"좋아. 차 가지고 올 거지?"

"오토바이 타고 가려고 했는데. 왜?"

"차 가지고 와 주면 좋겠는데."

"오케이."

영화가 끝나고 나오니, 남편은 기둥에 어깨를 기대고 담배를 피우고 있었다. 최근 몇 달간 살이 조금 쪘다. 수염과 머리카락이 너무 많이 자라 있었다. 그래도 평소처럼 미남으로 보였다.

18년 전 보자마자 반해 버렸던 그 노란색 눈동자가 미소를 지어 보이자, 나는 그의 뺨에 입맞춤을 했다.

아토는 그와 내게 인사를 한 다음 집으로 걸어갔다. 「뱀파이어 다이어리」 마지막 편을 한 번 더 보고 싶다고 했다. 사실은 우리 둘을 위해 자리를 피해 준 것이었다. 우리가 무엇을 할지 아토는 모른다. 그건 우리도 몰랐다.

우리는 자동차로 갔다. 나는 주저리주저리 이야기를 시작했지만, 긴장하고 있을 때면 늘 그렇듯이 별 내용이 없었다. 그건 남편도 마찬가지였다.

"뭘 좀 먹을까?" 주차장에 도착하자 남편이 물었다.

"그러지 뭐. 그보다 먼저 운전연습 좀 하고."

"마구, 그게 무슨 말이야?"

"부탁이야. 잠깐만 가르쳐 줘. 10분이면 돼. 브레이크와 클러치가 어디에 있는지만 가르쳐 줘."

더블린에서 돌아온 남편은 친구 집에서 방을 빌려 쓰고 있었다. 우리는 그 집 주차장으로 갔다. 꽤 넓은 주차장이었고, 그 시간에는 텅 비어 있었다. 우리는 자리를 바꾸었다. 남편이 나를 운전석에 앉게 했다.

"그럼, 해 보자. 오른발은 여기, 왼발은 여기를 밟아. 오른발이 닿는 페달이 액셀러레이터야. 왼발은 클러치. 여기 가운데는 브레이…… 젠장, 지금 뭐하는 거야?"

"미안해." 남편이 설명하는 동안 내가 클러치나 브레이크를 밟았을 것이다. 시동이 꺼졌다.

"자, 시동을 다시 켜. 키를 돌려 봐. 그래 그렇게. 그와 동시에 발을…… 그게 아니야! 그게 아니라고. 제기랄! 다른 거!"

"알았어. 알았어. 화내지마."

로드리고, 힙합 소녀 플라카비, 수예점의 할머니, 요리 사이트까지 내가 지금까지 10분 게임을 하느라 가르침 받았던 모든 선생님들 중에 남편이 가장 참을성이 없었다. 남편은 소리를 지르고, 운전대를 쳤고, 욕을 했다.

주행을 가르쳐 줄 순서가 되자 남편은 손바닥으로 눈을 가렸다. 내가 쓸데없이 힘을 주어 그 물건을 앞뒤로 밀어 대는 모습을 보고 싶지 않았던 것이다.

"물건이라고 하지 마. 기어라고 하는 거야. 클러치 페달을 계속 밟고 있으면, 차는 절대 안 움직여."

"그래?"

"그래."

하지만 결국 시속 30킬로미터로 달리며 주차장을 한 바퀴 돌 수 있었다. 나는 10분 동안 주행을 했다.

"잘했어. 이제는 혼자 브레이크를 밟아 봐. 속도를 줄여. 그리고 브레이크를…… 이런 젠장, 마구!"

알았어. 알았다고. 나는 속도를 천천히 줄이는 걸 잊어버렸다. 엔진이 또다시 저절로 꺼져 버렸다. 하지만 10분 게임을 시작한 이후 내가 이렇게 자랑스러웠던 적은 처음이었다. "왜 운전을 안 해? 운전 면허증 정도는 따야지. 그냥 가지고 있기만이라도 해." 지금까지 수도 없이 그런 말을 들었다. 하지만 왜 하필 오늘 아침에야 남편의 전화를 받았을 때 그렇게 운전하고 싶은 마음이 들었는지 그 이유를 정확히 모르겠다. 비카렐로에서는 자전거로 어디든 갈 수 있기 때문일 터이다. 비카렐로에서 로마까지 가는 기차가 너무 편하기 때문일 수도 있었다. 로마에서는 전철을 타면 시간에 맞게 도착하기 때문일 수도 있다. 열여덟 살 학교 상담실에서 처음으로 남편을 만났을 때, 그가 아무 내용 없이 주저리주저리 떠들던 중 운전면허 학원에 등록했다고 말했기 때문일지도 모른다. 그래서 나는 어쩌면 그의 노란색 눈에 홀딱 반하는 순간 내 인생의 운전은 앞으로 그가 책임져 주리라고 막무가내로 믿어 버렸는지도 모른다. 자동차든, 오토바이든, 나든.

"이젠 후진하는 거 배울까?"

"안 돼. 후진까지 배우기엔 너무 일러. 그리고 마구, 할 말이 있어. 이 쓰레기 같은 10분 게임을 언제까지 할 건데?" 더블린에서 돌아온 뒤부터 남편은 공격적이었고, 점점 더 심해졌다. 자신이 이미 저지른 짓만으로는 성에 안 차는 듯이 말이다. 너무 거만해서 용서를 빌지 못하기 때문이야, 잔피에트로는 그렇게 말한다. 너무 약해서 자신을 용서하지 못하기 때문이야, 나는 그렇게 고집한다.

"계속 해야지. 오늘의 10분은 운전 교습으로 채웠어."

"그건 아니지."

"그건 아니라니?"

"그건 아니지. 오늘의 10분은 내 얘기를 듣는 걸로 채우지 그래. 내 사정 얘기를 들으면서 말이야."

"그건 18년 동안 해 왔잖아."

"하지만 최근에는 내 얘기를 막았잖아. 당신은 아직도 원한과 분노에 사로잡혀 있어."

"사돈 남 말 하고 있네. 나는 계속 할 거야. 나는 지금 약속에 대한 책임을 지고 있는 거야."

"그래서?"

"그래서라니?"

"10분 게임을 하루에 두 번 해도 게임이 유효한가? 말을 끊지 않고 내 말을 듣는다면?"

"그럼 말해 봐."

"내 말을 끊으면 안 돼."

"알았어."

남편이 이야기를 시작했다.

방 한 칸을 빌려 쓰고 있는 친구 집 주차장에서.

그의 자동차 안에서.

항상 내가 앉았던 조수석에 웅크리고 앉아서.

나는 그가 앉았던 운전석에 있다.

나는 귀를 기울인다.

중간에 말을 끊지 않고.

10분보다 훨씬 많은 시간이 흐른다.

더블린에서 무엇에 홀렸는지 모르겠다고 남편은 말했다.

그는 새집으로 이사 온 뒤, 내가 얼마나 짜증을 많이 냈고, 기분이 우울했는지 말했다. 남편은 내게 제발 그만하라고 부탁하고 싶었고, 내 앞에서 사라지고 싶었다. 그러니까 그는 나를 위해서 날 떠난 거라고 말하고 있었다. 이 부분에서 나는 그의 말을 끊지 않으려고 최대한 노력을 기울였다.

그는 내가 옳았다고 했다. 우리는 로마에 절대 이사 오지 말았어야 했다.

신혼 초에는 모든 것이 너무 쉬웠다고 했다. 비카렐로에서는 너무 행복했었다고.

내가 그를 마치 신처럼 떠받들었으며, 자신이 신이 된 것 같았다고.

그런데 내가 거식증을 극복하면서 음식을 먹기 시작했고, 대학을 졸업했다. 또 소설을 출간했고 잡지에 칼럼을 연재했다. 그는 내가 성공하자 세상을 바라보는 시각이 바뀌었다고 말했다.

지금 내 눈을 보면 자신의 모습을 비춰 볼 수가 없다고 말한다.

당신은 왜 거기서 신이 아니라 내가 사랑하는 남자를 보지 못할까? 나는 그렇게 묻고 싶다. 숭배를 당하는 것보다는 사랑을 받는 것이 더 낫지 않을까? 사랑 받는 걸로는 충분하지 않아? 그러나 안 된다. 나는 그의 말을 끊지 않는다.

시오반이 그를 그렇게 바라봐 주었다고 말한다. 몇 년 전 내가 그를 바라보았던 것처럼 말이다.

남편이 말했다. 하지만 시오반이 당신은 아니잖아.

남편이 말했다. 왜, 왜 당신은 어른이 되어야 했어? 왜?

남편의 손을 잡았다.

남편이 말했다. 내 말을 이해하지 못하는데 내 손을 잡는 게 무슨 소용이 있겠어?

　나는 그의 손을 내려놓았다.

　남편이 말했다. 내 손을 잡았다면, 내 손을 내려놓는 게 무슨 소용이 있겠어?

　나는 그의 손을 다시 잡았다.

　남편은 얼른 손을 뺐다.

　남편이 말했다. 내가 원하는 게 뭔지 모르겠어, 마구. 총각 때로 다시 돌아가 되는 대로 이곳저곳에서 사는 것도 나쁘지 않아. 그런데 뭔가 그리워. 힘들고 괴로웠던 그 상황이 그리운 건 아니야. 둘이 싸우고 우울했던 일. 긴장한 표정들. 쾅하고 문을 닫았던 일. 그런 게 그리운 게 아니지. 그거야. 맞아. 그거. 친밀감.

　남편이 말했다. 지독한 친밀감. 지독한, 그렇지?

　남편이 또다시 그렇지? 하고 되뇐다.

　남편이 또박또박 말했다. 나는 그 지독한 것을 잃었지. 하지만 까놓고 보면 누구에게나 문제는 있잖아?

　남편이 말했다. 내 생각에는 그래. 누구에게나 문제는 있는 법이지.

　그렇다면, 서로에게 이런 친밀감을 조금 포기하면 우리의 문제를 해결할 수 있지 않을까? 만나서 영화관이나 가고, 운전학원에 가고, 즐거운 여행을 하면 되지 않을까?

　남편이 말했다. 당신은 나 없이는 살 수 없잖아. 그러면 나를 있는 그대로 받아 주면 안 될까?

남편이 말했다. 나는 당신 없이 살 수 없어. 나를 생긴 그대로 받아 줘.

부부관계와 책임감, 상호존중, 이런 것들로 행복을 흉내 내다 결국 불행해질 수밖에 없는 그런 운명을 받아들이느니, 차라리 되는대로 그렇게 사는 게 더 낫지 않을까? 그런 말들이 지나치게 엄격한 표현처럼 들리지 않아? 냉정하지 않아? 난폭한 표현 같지 않아? 어찌 보면 나치시대의 표현 같기도 하고. 더 이상 같이 살기 힘들면 더블린으로 도망칠 수도 있지 않아?

안 그래?

남편이 말했다. 내 말에 동의하지?

마구?

이젠 내 말을 끊어도 돼.

그래서 말했다. "키스해 줘, 어서."

남편은 키스를 하려다 말고 얼른 떨어졌다. 남편은 자기만의 성에 꽁꽁 숨었다. 그는 뭔가 거북해 하고 있었고, 겁을 내고 있었으며, 스스로도 자기 말을 이해하지 못하고 있었다. 운전석에 앉은 나도 이제는 내가 아닌 것 같았다.

돌연 차안에 냉기가 느껴졌다.

너무 춥다.

뭘까?

무슨 일이 생긴 걸까?

남편은 마음속에서 집으로 돌아가는 길을 잃고 말았다. 샤를 페로의 동화 속 주인공, 엄지동자처럼 집으로 가는 길을 가르쳐 주려고 자갈을 남겨 줄 사람이 필요할 것이다. 남편은 내가 필요할 것이다. 하지만 버림받은 충격 때문에 나도 내 안에서 집으로 가는 길을 잃어버렸다. 나도 엄지동자가 필요하다. 나도 남편이 필요하다.

벼룩시장에서

"친구야, 장하다. 아이디어 정말 좋다!" 잔피에트로가 새처럼 지저귄다.

"정말?"

"물론이지! 사실, 네가 우리에게 크리스마스이브가 별거 아니라며 우길 때마다 얼마나 괴로웠는지 넌 모를 거야."

"너도 잘 알잖아. 내가 크리스마스 때마다 얼마나 힘들었는지. 18년이야. 이해하지? 18년 전부터 남편과 함께 크리스마스를 피해 지구 반대편으로 날아가곤 했잖아."

"그렇지. 나도 열아홉 살 때부터 아버지랑 말도 안 하고 지냈잖아. 어머니가 돌아가신 뒤로는 혼자 크리스마스를 보냈어. 작년에는 사우나에서 크리스마스를 보냈어. 처량하지. 우리 불쌍한 아토도 그렇지. 요즘에는 에티오피아에 있는 가족을 더 많이 생각할 거야.”

“에티오피아가 아니라 에리트레아.”

“그래, 에리트레아. 아무튼 함께 모여 신세한탄이나 하는 게 나을까? 아니면 멋진 저녁 시간을 보내는 게 더 좋을까?”

“그럼 우리 멋진 저녁 시간을 보내는 거야?”

“당연하지. 부모님과 동생을 로마에 초대한 건 아주 잘한 일이야. 두고 봐. 두고두고 기억할 만찬을 준비할 테니…… 내가 다 할게. 나중에 전화해서 생선이 몇 마리 필요할지 말해 줄게. 주문은 네가 해. 알았지?”

“잔피, 크리스마스까지는 아직 일주일이나 남았어!”

“친구야, 농담하니? 요즘은 생선가게에 생선이 남아나질 않아! 너는 그 동안 네 남편이랑 부랑자처럼 떠도느라 모르나 본데, 크리스마스 시즌이 어떤 상황인지 알아야지. 가족들에게 무슨 요리를 해 줄 거야? 팬케이크? 이봐, 장난하지 마. 이제부터는 필요한 건 내가 생각하고, 전화해 줄게. 내가 잘 아니까…… 파에야 요리부터 시작하는 건 어때? 저번에 포르멘테라 섬에 여행간 기념으로 말이야.”

“좋지.”

“제발 부탁인데, 그런 투로 말하지 마. 힘을 내자! 아자아자! 크

리스마스라네. 예수님이 저기 초라한 마구간에서 태어나신 날이
라네! 만세!"

"그 노래는?"

"초등학교 3학년 때 배운 시야. 내가 초등학교 때 얼마나 예뻤
는지 알아?"

"상상이 간다."

"그런데, 오늘은 10분을 어떻게 채울 거야?"

"벼룩시장에 가려고."

"벼룩시장?"

"응. 나중에 얘기해 줄게. 안녕."

"안녕, 친구야. 아토 좀 바꿔 줘. 크리스마스 이브 때 내 조수로
쓰려고."

"아토, 전화 받아! 피에라 이모가 바꿔 달래."

아토가 얼른 달려왔다. 잔피에트로가 부르면 늘 그렇게 신이
난다.

둘이 통화하도록 놔두고, 집을 나섰다.

사람들이 로마의 어느 거리에 사는지 물으면, 나는 우울하게
대답한다. 하지만 그들은 콧소리를 내면서 "좋겠다!" 하고 말한다.
왜냐하면 우리 집 근처에 한 달에 한 번 중고 옷 시장이 열리는데,
그 규모가 엄청나기 때문이다. 우리 집이 아니라 내 집 근처에.

잘난 척하는 건 아니지만, 나는 원래부터 거기에 가는 걸 좋아하지 않았다. 지나치게 유행을 타는 옷들이야, 남편에게 늘 그렇게 말했다. 짝퉁들. 여름이면 비카렐로에서도 그런 시장이 열린다. 그거랑 뭐가 다르랴 싶었다. 가판대에는 이런저런 물건들이 많지만 사람들은 물건을 고르느라 지쳐 모두 똑같은 얼굴을 하고 있다. 너무나 똑똑하고, 너무나 많은 것을 알고 있고, 공정거래를 자랑하고, 화가 나 있고, 그 자리에서 움직이지도 않고, 너무 친절하다. 끔찍하다, 이것저것 따지는 저 사람들. 끔찍하다. 내가 생각하는 벼룩시장은 늘 그런 모습이었다.

나는 이런 적개심만 잔뜩 품고 매달 있는 벼룩시장을 막상 한 번도 찾지 않아 마음이 누그러질 기회도 없었다.

벼룩시장은 그곳에 있다.

나는 그곳에서 오늘의 10분을 채울 것이다.

최악의 경우 크리스마스 선물이라도 찾을 수 있겠지. 아무래도 지금은 크리스마스 시즌이니까. 잔피에트로를 위해 미국의 피아니스트 리버라치에게나 어울릴만한 셔츠와 엄마에게 줄 로맨틱한 잠옷을 살 수도 있을 것이다.

이 유명한 벼룩시장이 어디에 있는지도 나는 잘 몰랐다. 내가 그곳의 위치를 묻자 사람들은 내가 마치 콜로세움이 어디에 있는지 묻는 양 놀라는 표정으로 나를 보았다.

나는 집에서 가장 가까운 지하철 지하도로 간다. 시장이 여기에 있지 않을까?

없다.

"여러분, 중고 의류는 다음 주 일요일에 옵니다." 어제 아토와 영화관에서 보았던 호빗처럼 생긴 남자가 알려 주었다. 몸집이 늙은 아이 같다. 영리해 보이는 눈도 똑같다. "오늘은 중고 만화가 오는 날입니다. 32년판 일본 만화가 있습니다. 구경하세요. 타니구치 만화 원본도 있어요."

10분 게임에서는 중고 옷이나 중고 만화나 그게 그거 아닌가?

물론이다.

호빗 만화를 구경하고 난 뒤, 가판대를 돌아다녔다. 사람들이 무서웠지만 그들 틈에 끼여 있는 것이 싫지 않았고, 난생 처음 보는 사람들과 함께 있는 내가 놀라웠다.

할아버지, 할머니, 어린아이 할 것 없이 모두 신기해 하는 표정이다. 모두 넋을 놓고 있다. 모두 좌판을 열심히 뒤적이며 자신에게 없는 만화의 편수를 찾거나, 감탄하고, 원하는 것을 찾지 못하면 실망한 표정을 짓는다.

지나치게 깐깐했던 사람은 내가 아니었을까? 1958년판 시라노 드 베르주라크 만화를 사면서 나는 생각한다. 내가 이 거리에 모인 사람들을 참을 수 없다고 생각한 건, 이 거리가 두려워서 만들어 낸 핑계가 아닐까? 이 거리가 아니라 세상에 사람들이 와글와글 모여 있다면? 그러므로 이 거리가 무섭다고 생각한 건 평범한 세상이 무섭기 때문에 만들어 낸 핑계가 아닐까? 요컨대 그런 사람들이 존재하지 않는다면? 이 세상에 나만 존재한다면? 나 자신으로부터 나를 보호하기 위해 혐오할 만한 대상이 필요했던 것이 아닐까? 그렇게 나만 세상에 있다면?

"키아라!"

가판대에서 눈을 떼고, 생각의 끈을 자르며 고개를 들어 보니 죠이아의 눈동자가 보인다. 나의 가장 소중한 친구. 얼핏 보기만 했는데 죠이아를 알아보았다. 내가 좋아하는 죠이아. 그것도 아주. 죠이아가 미소를 지으면 덩달아 미소를 짓게 된다. 반짝반짝 빛나는 눈빛. 늘 강하고 자유로운 여자처럼 보였다.

그러나 생기로 가득하던 눈이 오늘은 퉁퉁 부어 있다. 텅 비어 있다.

"엄마, 엄마, 도라도라 영어나라 그림책이 어디 있어? 엄마가 있다고 했잖아!" 금발머리 여자애가 죠이아의 바짓가랑이를 붙잡는다. 다섯 살 정도 돼 보인다.

"엄마가 저기서 봤어, 봐." 죠이아가 가판대를 가리켰다. 아이가 그쪽으로 달려가자, 그녀는 내게 다가왔다. 그리고 내 팔목을 붙잡았다. "키아라, 더 이상 견딜 수가 없어." 죠이아가 내 귀에 대고 그렇게 속삭였다. "드디어 좋은 남자를 만났어. 그래, 좋은 남자. 나랑 딱 맞는 남자야. 보통 그렇게 말하지 않아? 그 남자를 내 딸에게 소개하려고 했었는데…… 알겠어? 만난 지는 열 달 됐어.

열 달. 어제 무슨 일이 있었는지 알아? 우리는 평소처럼 경이롭게 사랑을 나누었어. 서로를 애무하려던 차에 그에게 크리스마스에 뭘 할 건지 물었어. 내 말은, 우리 둘이서 무엇을 할지 묻는 거였지. 그런데 그가 뭐라고 했는지 알아? 이렇게 대답했어. '약혼녀 부모님 집에서 크리스마스를 보낼 거야. 약혼녀는 몇 달 전 런던에 출장 갔어. 내일 모레 돌아와. 함께 살 집 인테리어도 거의 끝나가…… 오래전부터 말하려고 했어'."

죠이아의 딸이 부른다. "엄마! 정말이야! 도라를 찾았어! 인형도 살까?"

"물론 사야지." 죠이아의 목이 멨다. 잠시 후 이렇게 말했다. "이번에는 믿었는데. 그를 믿었는데." 죠이아가 내 손목을 더욱 세게 잡았다.

죠이아의 손을 쓰다듬었다. 머리카락도 쓰다듬었다. 죠이아는 울컥했지만, 그럴 수가 없었다. 딸이 도라도라 영어나라 그림책을 흔들며 행복한 표정으로 계속 엄마를 부르고 있었으므로. 죠이아는 딸에게 미소를 지어야 했다. 그래서 계속 웃고 있었다.

죠이아를 품에 안아 재우고 싶었다. 나도 그녀와 함께 잠들고 싶었다.

어쩔 수 없다고 그녀에게 말해 주고 싶었다. 이런 때는 팔, 다리, 마음, 호흡을 내려놓아야 한다고. 모든 것을 내려놓아야 한다고.

아래로 푹 꺼진 채 심신이 쇠약해져야 한다고.

죠이아에게 약속하고 싶었다. 지금은 상상도 할 수 없지만, 자신이 살아남았다는 것을 알게 될 날이 올 거라고 말이다.

죠이아에게 미리 말해 주고 싶었다. 아무 것도 할 수 없는, 한 시간짜리 보따리 스물네 개, 거기다 10분짜리 꾸러미도 여섯 개나 견뎌야 할 것이라고. 그러나 적어도 10분짜리 꾸러미 하나 정도는 난생 처음 하는 바보 같은 행동으로 채울 수 있을 것이라고.

대단한 일은 아닐 것이지만, 그래도 어떤 일이라도 될 것이다. 바보 같은 어떤 일. 난생 처음 하는 일. 그렇게 하면서 그나마 다시 시작할 수 있으리라.

죠이아의 딸이 우리 옆으로 돌아왔다. 죠이아에게 내 전화번호를 남기고, 죠이아의 번호를 받았다.

시라노 만화책을 들고 다소 미심쩍은 마음으로 집을 향했다. 어쩌면 모두가 만화처럼 살 수 있으리란 희망을 품었을지도 모른다. 나와 죠이아를 포함해 이 고담 시티의 다가오는 크리스마스 때문에 눈이 퉁퉁 붓고 마음에 상처를 입은 모든 사람들이 황홀해 할 조커가 나타나길 기원하고 있는데 메시지가 도착했다.

후진 가르쳐 줄까? 여섯 시, 어제 봤던 주차장?

풍등 두 개

"그건 마치……, 마치 10분 게임이 흘러가는 시간에 불을 환하게 밝히는 것 같아요."

"키아라, 그게 무슨 뜻이죠?"

"저도 아직은 확실하게 이해하지 못했어요, 선생님. 날마다 어떤 가능성이 있고, 그다음에는 또 다른 가능성으로 이어지는 것 같아요. 나중에 실현하지 못할 수도 있어요. 하지만 그것에 접근하는 것은……."

"접근하는 것은?"

"환상이에요. 편의상 인생이라 부르는 것이 왜곡되는 것이요. 말하자면 그래요. 우리는 환상에 빠지는 법이 아주 드물죠. 우리는 인생 그 자체보다 훨씬 현실적이라고요. 그런 것이에요.”

“…….”

“…….”

“정말 한 순간이면 충분하지 않나요?”

“뭐가요, 선생님?”

“우리는 무의식이 우리의 마음과 감정의 프레임 안에서 보호받는다고 생각해요. 이 프레임이 인간 정체성의 경계선이라 여기지요. 그러나 사실 이 생각과 감정의 프레임에는 한계가 있어요.”

“저도 한번 생각해 봐야겠어요.”

“그러시죠.”

“…….”

“…….”

“사실은요, 선생님. 어떻게 집에서 엎어지면 코 닿을 거리에 수예점이 있다는 것을 몰랐을까요? 십자수 전문 잡지가 있고, 십자수에 대한 인터넷 토론, 심지어 철학학파가 있는 걸 몰랐을까요?”

“반대로 생각해 보면, 문학과 아무 상관없는 사람이 비평과 판매도서 순위, 당신이 말해 준 편집자와의 불화를 안다면 깜짝 놀라겠죠.”

“나한테는 일용할 양식과 같은 것들이지요. 내가 사는 세상이고요.”

“당신이 당신의 세상에 칩거하는 동안, 나머지 세상은 어디로 갈까요?"

"실은, 몇 년 전 단편소설을 쓴 적이 있어요. 출판한 적은 없어요."

"그래요?"

"제목이 「에고랜드」였어요."

"에고랜드."

"사람들이 모두 빨간색, 파란색, 초록색 등 단색으로 칠한 집에서 살고 있는 도시에 대한 이야기였어요. 이 도시에 사는 시민들은 자신이 살고 있는 단색 집이 상상할 수 있는 유일한 공간이에요. 이상하지 않아요?

"뭐가요?"

"순응주의와 이데올로기의 위험성에 대한 이야기였어요. 제가 에고랜드 주민들과 달리 자유롭고, 개방적이고, 독립적인 인간이라 생각했어요. 하지만."

"하지만?"

"하지만 저도 그곳에 사는 주민이었어요."

"에고랜드 주민."

"에고랜드 주민."

"키아라, 우리는 모두 에고랜드 주민이에요. 에고랜드가 유년기 흔적이 남아 있고, 강박적으로 반복되고, 애착을 느끼는 도시라면, 벗어나기 어려워요."

“1년 전처럼 에고랜드가 폭발한다면.”

“큰 기회가 생긴 거지요.”

“생전 느껴 보지 못한 고통이에요.”

“……”

“생전 느껴 보지 못한.”

“그래도, 한번 생각해 봐요, 키아라.”

“알겠어요.”

“에고랜드가 폭발하지 않았다면, 당신은 에고랜드 밖의 사람들이 바이올린을 연주하는 걸 절대 알지 못했을 거예요. 물건을 훔치고, 요리를 한다는 것도. 병원에서 자원봉사자로 일한다는 것도. 에고랜드 밖에서는 수없이 많은 일들이 일어나고 있어요. 모든 일들이 일어나고 있어요.”

“하지만 에고랜드 밖에 있는 것이 나를 위한 것은 아니지요.”

“당연하죠.”

“예를 들어 나는 정말이지 수를 놓는 것이 죽기보다 싫었어요. 힙합도 못 췄고.”

“그렇지만?”

“그렇지만, 수를 놓고, 춤을 추는 사람들이 존재하는 것이 멋진 일 같아요. 그래요. 아름다운 일이요.”

“당신이 문득 타인의 존재를 주목했다는 게 아름다운 일 같군요.”

“타인에게 주목하느라 나의 존재를 잊어버리는 건 아닌지 모르겠어요.”

“네?”

“어젯밤 갑자기 목이 너무 아파서 잠을 깼어요. 이렇게 10분 게임을 하다 보면 내 마음의 상처에 신경 쓸 겨를이 없을까 봐 두려워요. 그럼 이 상처는 절대 아물지 않을 거예요. 저는 세상을 돌아다니면서 부족한 성찰과 위험천만한 무지로 타인들을 오염시키는 그런 사람이 되고 싶지 않아요.”

“키아라 씨, 그건 어쩌면 일종의 강박관념 같은 거예요. 강박관념을 무시한다고 큰일이 터지진 않아요. 강박관념을 쫓아버리기 위한 가장 좋은 방법은, 그것을 무시하는 겁니다.”

“우리가 가진 어두운 면, 우리가 가진 고뇌가 강박관념일까요?”

“키아라 씨, 우리는 1년 전부터 그 고뇌에 대해 이야기했어요. 사람들이 하는 말을 믿으세요. 그들이 거짓말을 할 때라도 말이에요. 지금은 또 다른 상황입니다.”

“어떤 상황이요?”

“그것이 어떤 상황인지 알고 있다면, 중요한 상황이 아니겠죠. 하지만 저는 당신이 에고랜드 밖으로 나온 것 같아 좋군요. 이젠 새로 쓰고 있는 소설에 대해 말해 줘요. 계속 쓰고 계시죠?”

“네.”

“좋아요.”

“그런데…….”

“그런데?”

“소설 쓰기를 잊고 지낼 뻔했어요. 미친 거죠.”

“네?”

“요즘 남편에게 운전을 배우고 있어요.”

“운전 연습?”

“네. 토요일에 10분 게임을 위해 운전을 해 봤어요. 남편과 함께. 어제는 다른 것도 배웠어요. 두 번째 수업이었어요.”

“재밌을 것 같아요.”

“그보다는 놀랐어요. 어쨌든 예전과 비교를 해 보자면……, 지금까지 서로의 눈을 바라보면서 이야기할 수 없었거든요. 요즘에는 후진과 사선주차를 배우면서 우리가 꺼내지 못하던 그 얘기를 하고 있어요.”

“예를 들면?”

“예를 들면, 남편은 친밀감을 느낄 수 없다고 주장하고 있어요. 특히 최근에 변한 나 같은 여자하고는요. 있는 그대로의 나 말이에요.”

“…….”

“남편은 그렇게 말은 하지만, 그 말을 믿지는 않아요.”

“그게 무슨 말이에요, 키아라?”

"말하자면 말을 하는 사람이 남편이 아니랍니다."

"그럼 누구죠?"

"두려움이에요. 우리가 행복할 때 우리 마음속에 남아 있는, 미처 하지 못한 행동에 대한 두려움이죠. 행복하면 그냥 행복해 하면 되지 않나요? 남편은 그렇지 못해요."

"좀 더 자세히 말씀해 보세요."

"저는 남편이 도와준 덕분에 나 자신을 믿게 되었어요. 남편이 의식적으로 저의 불안을 조절해 주었어요. 첫 소설을 출판사에 보내라며 자극을 준 사람도 남편이었어요. 자기 덕분에 내가 이렇게 되었는데, 이젠 나를 참아 줄 수 없다고 하다뇨? 이거야말로 역설이지요."

"그건 키아라 당신도 마찬가지 아닌가요?"

"저는 남편을 사랑해요."

"당신도 남편이 싫어하는 사람이 되기 위해 갖은 수를 다 쓰지 않았는지 생각해 보세요. 결국 어른이 된 겁니다. 서로 충분히 사랑을 받은 어른. 덕분에 당신도 남편도 어른이 됐고 남편은 당신의 손길을 빠져나간 것이에요. 당신으로부터 탈출한 겁니다. 에고랜드 외부에 있으면, 단색으로 칠한 집에 같이 살았던 사람이 낯설어집니다."

"맞아요. 그래도 저는 두 어른이 친구가 되기를 바라요. 성장을 했든 하지 않았든, 어쨌든 둘이 함께 늙어 가기를 바라요."

"불행일수도, 행운일수도 있지만, 같이 살려면, 각각 독립적인 사람이 되어야 합니다."

"그럼 우리의 연결된 무의식은 어떻게 되는 거죠? 아무 소용이 없나요? 무의식 자체로는 아무것도 못하나요?"

"불행이자 행운이지요."

"불행이자."

"행운이요."

"이번이 크리스마스 휴가 전 마지막 상담이에요. 올해의 마지막 상담이군요."

"저는 1월 2일 로마에 돌아옵니다. 3일에 볼까요?"

"좋아요. 신나는 크리스마스 보내세요, 선생님."

"10분 게임을 하면서 신나는 일 많이 해 봐요, 키아라 씨."

이번 주 월요일에도 아토가 와서 잠을 잤다. 쉼터에는 일요일에 돌아갈 것이다.

아이디어를 준 사람은 아토였다. 어제저녁 남편과 두 번째 운전연습을 하고 난 뒤로는 살고 싶은 생각이 없었다. 저녁을 대충 때우고 소파에 누워 영화나 보고 싶었다. 아토는 경찰영화를 좋아한다. 영화감독 저메키스, 팀버튼도 좋아하고 특히 해리 포터 시리즈에 열광한다. 나는 베르히만과 큐브릭, 펠리니, 타란티노와 로맨틱 코미디를 좋아한다. 하지만 만화영화 취향은 비슷하다. 나초 한 봉지와 누텔라 한 병을 옆에 두고 우리는 「라푼젤」을 보았다. 아토는 세 번째, 나는 네 번째로 보는 것이다. 최근에 나온 디즈니 영화 중 가장 스펙터클한 영화이다. 계모의 계략에 빠진, 마법의 머리카락을 가진 공주님 이야기다. 계모는 라푼젤의 머리카락을 이용하기 위해 라푼젤을 탑에 가둔다. 그런데 성에 있던 라푼젤은 1년에 한 번 저 멀리 밤하늘에 풍등이 떠 있는 것을 본다. 해방은 여기서 시작된다. 풍등에 대한 놀라움과 호기심에서.

"에리트레아에 있을 때 우리 누나 열여덟 살 생일을 축하해 주기 위해 아빠가 풍등 100개를 사서 자정에 날렸어요." 마침내 성에서 탈출한 라푼젤이 풍등 축제에 참석했을 때 아토가 그렇게 말했다. 그리고 덧붙였다. "아줌마, 우리도 풍등 날릴까요?"

보스케토 가와 우르바나 가 사이의 모퉁이에 위치한 〈중국인의 집〉에서 풍등을 샀다. 영원의 도시 로마, 우리 동네에서 난생처음 가 보는 또 다른 가게였으며, 그런 곳이 있는 줄도 몰랐다. 집에서 나와 미용실에서 일하는 크리스티나에게 전화해서 풍등을 어디서 살 수 있는지 물어보았다. 크리스티나는 지체 없이 이렇게 말했다. "중국인의 집이지. 보스케토 가와 우르바나 가 사이 모퉁이에 있어. 없는 게 없지. 산타할아버지 옷이 필요해? 어댑터? 다리미? 거기엔 다 있어."

중국인의 집에는 풍등도 있었다. 두 개를 샀다.

포장지에 이렇게 쓰여 있었다.

풍등은 사용하기 매우 쉽고, 안전하고, 어떤 분위기와도 잘 어울려요. 풍등은 독특해서 축제, 결혼식, 파티, 회사 이벤트에서 잊지 못할 감동을 안겨 주지요. 많은 풍등을 한꺼번에 날리면 정말 유쾌한 경험을 하게 될 거예요. 풍등은 10분 만에 1,000미터 상공까지 날아갈 수 있어요.

안에 설명서가 들어 있다.

1. 포장지를 조심스럽게 떼어 낸다.

아토는 아토의 포장지를, 나는 내 포장지를 떼어 낸다. 조심스럽게.

2. 하단의 고리에 있는, 튀어나온 십자가에 연료를 고정시킨다.

아토는 힙합에는 젬병이지만, 나와 달리 손재주를 타고났다. 아토는 연료를 하단에 고정시킨다.

3. 하단의 고리를 잡은 채 등을 펴서 부풀어 오를 때까지 흔든다.

나는 등을 천천히 흔드는 아토를 따라한다. 등이 부풀 때까지. 마침내 등이 부푼다.

4. 연료에 불을 붙인다. 불을 붙인 후 등의 맨 윗부분을 뒤집는다.

아토의 도움이 또 필요하다. 아토가 내 등에 불을 붙인 다음, 자신의 등에 불을 붙인다.

5. 연료가 풍등의 종이에 닿지 않았는지 확인한다.

"확인했어요?"
"응, 너도 조심해."
"조심하고 있어요."

6. 연료에 불을 붙인 다음 등이 부풀어 오를 때까지 40-60초 기다린다. 연료가 떨어져 불이 붙을 위험이 있으니 등을 바닥에 기대면 안 된다.

우리는 기다린다. 등이 부풀어 오른다. 등을 바닥에 기대지 않도록 한다. 풍등이 바닥에 붙지 않도록 한다.

7. 종이에 구멍이 나거나 불에 타면, 풍등을 위로 띄울 수 없다.

뜰까?

8. 풍등이 부풀어서 위로 올라갈 때 등을 손에서 놓는다. 풍등이 뜨기 시작할 때 억지로 힘주어 밀지 않는다.

우리는 부엌 창가로 간다.
풍등을 손에서 놓는다.
억지로 밀지 않고.

9. 마법처럼 화려한 풍등의 모습을 감상한다.

아토의 풍등이 높은 하늘로 빠르게 올라갔다. 별이 빛나는 밤하늘을 향해 둥둥 뜬다.
하지만 내 풍등은 이륙하지 못하고 맞은편 건물로 곧장 갈 것 같았다. 이럴 줄 알았다. 마법처럼 화려한 풍등은 개뿔. 내 풍등은 내 인생처럼 패대기쳐질 것이다. 부딪쳐 박살날 것이다.
풍등이 앞 건물 가까이 다가간다. 조금만 더. 조금만 더.
어?
돌풍이 분다. 돌풍이 아니라 구름일 수도 있겠다. 새들일 수도 있다. 아무튼 무엇인가가 내 풍등을 위로 끌고 갔다.

앞 건물과 우리 집 건물에서 멀리 떨어져 풍등이 위로 계속 뜨더니 아토의 풍등을 따라잡았다.

아토가 나를 보고 빙그레 웃는다. "너무 멋지다."

불을 밝힌 풍등이 밤하늘을 날아간다.

그동안 라푼젤의 성이 떠오른다.

계모 때문에 세상이 험난할 것이라 믿고 공포에 떨던 그녀는, 세상 밖으로 탈출했다.

에고랜드가 떠오른다.

내 판단과 두려움에만 집착하지 말고,

탈출할까?

잠시만, 10분만. 밤하늘을 밝히며 두둥실 떠 있는 풍등이 날아가는 동안만이라도.

아토가 미소를 지으며 되뇐다. "정말 멋지다."

서점 계산대

간단히 말하자면, 글쓰기는 내가 존재하기 위한 유일한 치료제이다.

어렸을 때부터 항상 그랬다. 커서 뭐가 되고 싶으냐고 물으면, 나는 이렇게 대답했다. 소설을 쓰고 싶고, 운명의 상대를 만나고 싶어요.

몇 년 동안은 이 두 개의 소망을 실현한 줄 알았다.

그러나 어느 날 남편이 떠났다. 그러자 나의 전부와 더불어 글쓰기도 저 멀리 사라져 버리고 말았다. 잡지 칼럼을 못 쓰게 되자 더욱 그랬다. 칼럼을 쓸 때는 낮에 시간을 조정할 수 있었다. 머릿속으로 파고드는 괴물들을 막아 주어 소설에 시간을 할애할 수 있었다.

묶어 놓은 줄이 순식간에 풀려 괴물들이 모든 것을 침범했다. 꿈, 생각, 다리, 팔, 커피.

"이제 절대 쓸 수 없을 거야." 지난여름 포르멘테라 섬에 여행을 갔을 때, 아침마다 잔피에트로에게 그렇게 말했다.

그러던 어느 날 아침이었다. 여전히 이보다 더 큰 상처는 앞으로 없을 것이라고 생각했다. 어쩌면 이제 고통에 익숙해지고 있다고 생각했을지도 모른다. 어떤 식으로든 살아갈 수 있으리라 생각했을 것이다.

어쩌면 이미 살아가고 있는 중이었을 것이다.

다음 날 포르멘테라 숙소 베란다에서 다시 컴퓨터를 켜 보았다. 마트에서 서로의 장바구니를 염탐하는 두 여자가 떠올랐다. 그들은 타인의 카트를 보고 자신의 인생에 만족하지 못한다. 남편과의 사이가 붕괴되는 순간부터 내게 노크하던 아이디어였다. 그 소리에 귀를 기울여 보았다. 처음에 그것은 소심하게 문을 두드렸으며, 천천히 문을 두드렸다. 아무튼 나는 소설을 썼다. 뭐라도 하기 위해서였다. 그거라도 하지 싶었다. 내 이야기를 하는 것이 "나는"이라고 쓸 수 있는 유일한 방법이었다. 내게 나 자신을 주어로 만들어 줄 수 있는 유일한 아이디어였다. 고통으로 가슴이 갈기갈기 찢어진 나머지 백치가 될지라도 말이다.

자홍색 매니큐어를 칠한 그날 크리스티나 덕분에 영감이 떠올랐다. 인생을 지속하긴 힘들어도, 새 소설 하나는 남잖아.

결과는 별로일지도 모른다. 그러나 소설을 쓰는 동안에는 나를 느낄 수 있다.

당분간은 그걸로 충분하다.

며칠 전 소설의 초반부를 편집자에게 보냈는데, 오늘 편집자가 전화를 해서 제목에 대해 물어 본다.

"정말 소설 제목을 『사랑 400그램만 준다면 고맙다고 말하리』라고 하실 거예요?"

"네. 그게 바로 포인트라서. 주인공들은 각자 자신의 방식대로 사랑을 간절히 원해요. 많이도 필요 없어요. 조금이면 되지요. 500그램도 안 돼요. 심지어 주인공들은 그런 사랑을 주는 사람에게 언제라도 고맙다고 말할 수 있답니다."

"네네, 당연하죠. 그리고 슈퍼마켓 메타포는 잘 와 닿아요. 나도 제목이 마음에 들어요, 키아라. 하지만 그 제목을 보고 사람들이 착각하거나 로맨스 소설을 연상할지도 몰라서……."

"음. 그래서요?"

"여기는 이탈리아예요. 작은 도시들이 많은 나라이지요. 그냥 생각만 해 보시라고요."

"이 제목을 보면 막바지에 이른 미친 듯한 절망감이 안 느껴지세요?"

"저야 느끼지요. 책의 전반부를 읽었으니…… 그렇지만 비평가들은 비웃을 수도 있어요. 내가 당신이어도 신경 쓰지 않겠지만, 당신을 지켜 주고 싶어서요. 독자들도 있으니…….”

"내 소설 독자들이 제목 때문에 거부감을 느낄 수 있다는 말이에요?”

"그럴 수도 있어요.”

"…….”

"키아라?”

"네, 네. 생각해 봤어요. 『진공상태』라는 제목은 어때요?”

"『진공상태』?”

"어떤 것 같아요?”

"나쁘지는 않지만…….”

"제목으로서 개성이 없다고 생각하시는 거죠?”

"네, 그래요…….”

"『사랑 400그램만 준다면 고맙다고 말하리』는 개성이 있지만, 독자들이 착각할 수도 있다는 거고요.”

"개성이 있는 모든 것들이 그렇지요.”

"그렇죠.”

"이 문제는 좀 더 생각해 보기로 해요. 대담한 제목이 주는 위험 요소를 수용하시겠어요? 아니면 눈에 확 띄는 제목은 아니지만 독자들이 제목 때문에 오해하지 않는 게 좋겠어요? 요점은 그

겁니다.”

“네, 그렇군요.”

“아무튼 기억하세요, 독자들을 절대 실망시키면 안 된다는 것을. 제목을 생각할 때, 독자들을 생각해요.”

“오케이.”

“그럼, 안녕히 계세요.”

침대에 누웠다.

그런데 정말 독자들은 존재할까?

자주 그런 의문이 든다. 지금도 궁금하다.

독자들이 정말 존재할까? 그들은 누구일까?

독자들은 개성 있는 소설을 찾을까?

아니면 그것을 싫어할까?

정말 우리 독자들은 누굴까? 물론 나도 독자이기도 하다. 나는 책을 보고 무엇을 찾을까? 내가 받아들이지 못하는 게 뭘까? 가령 나처럼 미국 소설가 필립 로스에 열광하는 모든 사람들과 나는 어떤 관계가 있을까? 나는 필립 로스의 독자 부대에서 어느 정도 자리를 차지하고 있을까? 필립 로스의 독자들과 심오한 무엇을 공유하고 있을까? 결코 좋아할 수 없었던 아시모프의 독자들과는 심오한 무엇을 공유하지 못하는 것일까? 아시모프를 너무 좋아하는 지인과, 필립 로스에 대한 애정을 내게 전염시킨 지인을 떠올린다. 이 두 사람 중 나와 더 많이 비슷한 사람은 누구일까? 두 사람 모두일 수도 있고, 아무도 아닐 수도 있다.

몸을 일으켜 잠옷에 외투를 걸쳤다. 오늘은 아침부터 잠옷을 갈아입을 이유가 없다. 나는 나치오날레가 초입에 위치한 대형 서점, Ibs로 갔다.

계산대에는 눈빛이 맑은 오십 대 아저씨가 있다. 환한 미소를 짓고 있지만 어딘지 우울해 보인다. 명찰을 보니 이름이 주셉페이다.

그에게 다가가서 말했다. "실례합니다, 주셉페 씨."

"네?"

"제가 이 계산대 옆에서 조용히 10분 동안 서 있어도 될까요?"

"뭐라고요?"

재빨리 10분 게임을 설명한 다음 오늘은 서점 계산대에서 10분을 보내고 싶다고 말했다.

독자들이 존재하는지 알기 위해서.

독자들이 존재한다면, 드디어 누가 독자인지 알기 위해서.

주셉페는 대답할 틈도 없이 너무 바빴다. 그 사이 사람들이 길게 줄을 섰다.

주셉페는 옆에 서 있으라는 신호를 보내더니 다시 일을 시작했다.

크리스마스가 정확히 일주일 남은 시점에서 오후 4시 로마 중심가 대형 서점에 들어온 사람들은 다음과 같은 책을 샀다.

카를로 베르도네의 『회랑 위의 집』

다니엘 페낙의 『몸의 일기』

맛시모 그라멜리니의 『좋은 꿈 꾸렴』

존 버거의 『본다는 것의 의미』

마리사 베넷의 『황홀에 이르는 50가지 방법』

켄 폴릿의 『세계의 겨울』

프리초프 카프라의 『물리학의 도』

알렉산드로 바리코의 『20세기』

프랜시스 호지슨 버넷의 『영국인의 결혼』

돈 드릴로의 『코스모폴리스』

마리사 베넷의 『황홀에 이르는 50가지 방법』

최신 『징가렐리 이탈리아어 사전』

안드레 에거시의 『오픈』

맥스 해스팅스의 『지옥. 1939-1945년의 전쟁』

루이스 세풀베다의 『생쥐와 친구가 된 고양이』

그러므로 누가 독자들인가?

물론 독자들은 서로 아주 다른 사람들이다.

10분 동안 똑같은 책을 산 사람이 두 명 있었는데, 그들을 보면 서로 비슷한 점이 하나도 없었다. 한 사람은 스무 살 남짓의 아가씨인데, 하이힐에 스키니 진을 입었고, 해골 모양의 귀고리와 물고기 뼈 모양의 귀고리를 양쪽 귀에 달았다. 또 다른 사람은 70대로 보이는 노파인데, 단정한 정장에 베이지색 모직 목도리를 하고 있다.

우리는 다른 사람들이다. 서로 아주 다르다. 우리가 책을 읽는 이유는 다양하다. 지루해서 책을 읽고, 호기심 때문에 책을 읽고, 일상에서 도망치고 싶어서 책을 읽고, 일상을 정면으로 마주하고 싶어서 책을 읽고, 지식을 알고 싶거나 망각하고 싶어서 책을 읽고, 머릿속을 파고드는 괴로운 생각을 완화하거나 털어 버리고 싶어서 책을 읽는다.

우리는 전혀 닮지 않았다. 손을 잡고 있어도 닮지 않았고, 좋아하거나 싫어해도 닮지 않았고, 크리스마스에 가장 사랑하는 사람에게 똑같은 책을 선물해도 우리는 전혀 닮지 않았다.

인간은 전혀 닮지 않았다.

이건 틀림없는 사실이다.

바로 이것 때문에 인간은 존재한다.

편집자가 독자를 생각하라고 충고했을 때 이 점을 생각해서 한 말이었을 것이다.

편집자가 의도한 바는 바로 이런 것이다. 제목은 당신이 선택해, 그걸로 충분하지. 신작 소설 단어 하나하나도 당신이 선택해. 그래야 모든 단어들이 단어 그 자체로 동등한 권리를 가지겠지.

독자들이 계산대 앞이나 뒤에서 그렇게 줄 서고 있었던 것처럼 말이다. 우리는 단지 우리 자신과 동일할 뿐이지만, 타인의 이야기에서 우리의 이야기를 찾고 싶어 한다. 우리의 이야기를 잠시 잊거나 다시 찾기 위해서.

어떤 식으로든 우리의 존재를 바로잡기 위해서.

12월 19일, 수요일
일출 7시 33분 — 일몰 16시 41분

상추씨와 고추씨

"친구야, 생선가게에 가서 모듬 해물 6인분하고 감성돔 1.5킬
로그램 주문해서……."

자동응답기에서 잔피에트로의 늙어 대면서도 째진 목소리가
들려온다. 침대에서 몸을 굴렸다. 잠이 깰 때마다 내 몸이 엄청
큰 것 같지만, 사실은 몸집이 아주 작다. 협탁으로 손을 뻗어 수
화기를 들었다. "지금 몇 시야?"

"일곱 시. 벌써 일어난 줄 알았는데."

"커피 마셔야 하는데, 생선 얘기를 하기에."

"이봐, 친구. 제발 협조 좀 해. 크리스마스이브에 끝내주는 만
찬을 먹고 싶지 않아?"

비카렐로 집에서는 엄마가 늘 저녁 식사를 챙겼다. 엄마는 일곱 시쯤이 되면, 엄마 집과 내 집 사이에 있는 텃밭을 지나 고기완자나 라자냐를 담은 접시와 텃밭에서 딴 야채를 삶거나 그릴에 구워 가져왔다.

남편은 텃밭은 별로 좋아하지 않았지만, 요리는 제법 잘했다. 로마 집, 로마 거리에서 살았던 몇 달간 장을 보고 음식을 만드는 일은 그의 몫이었다.

아무튼 나는 팬케이크와 티라미수를 만드는 법을 배우긴 했지만, 우리 동네 생선가게가 어디에 있는지는 모른다.

평소처럼 미용실 크리스티나에게 물어보았다.

"생선가게는 두 군데야. 너희 동네 끝에 있는 게 더 좋지. 길을 쭉 따라가다 보면 나올 거야."

수예점과 달리 생선가게를 찾고 보니, 그 앞을 여러 번 지나친 기억이 난다. 내 머리는 그곳의 위치를 아주 잘 알고 있었다. 거기에 그저 공간이 있기 때문이 아니라 장소도 감각을 가지고 있기 때문에 사람과 마찬가지로 스스로 환하게 빛을 밝혀 세상에 존재한다는 것을 알린다. 우리가 그것을 이해하려고 마음먹는 순간에만 그러하다. 우리가 그 장소를 필요로 할 때 그러하다.

생선가게는 가족이 함께 운영하고 있다. 계산대에는 서른 살 정도 돼 보이는 청년이 있었다. 청년은 생선상자 옆의 사내와 골격이 똑같았고, 얼굴은 입구의 의자에 기대고 앉아 조리법을 알려 주느라 여념이 없는 부인과 비슷하다.

"좀 더 특별한 전채 요리를 원한다면 슬라이스 한 농어와 연어를 함께 차례로 놓고 꼬아서 장미모양이 되도록 만드세요." 부인은 손님 세 명에게 설명을 하고 있는데, 손님들은 마치 부인이 선생님인 양 그녀의 말을 경청하고 있었다. "그리고 귤 두 개, 혼합 샐러드, 포도 100그램을 첨가하세요. 그리고 후추와 고추를 뿌리면 더 좋아요. 고추가 있으면 맛이 더 좋거든요." 그때 내 또래쯤 돼 보이는 여자가 가게 안으로 들어왔다. 여자는 생선가게 분위기를 재빨리 눈치채고 부인에게 조리법을 처음부터 다시 설명해 달라고 했다. 그리고 메모를 했다.

잔피에트로의 말이 옳았다. 모두 크리스마스이브 만찬을 준비하기 위해 생선가게에 온 것이다.

"운이 좋았어요." 모둠 해물과 감성돔의 선금을 치르자 주인아저씨가 말한다. "오늘 오후는 크리스마스 주문만 받고 문을 닫아야겠어요."

"벌써요?"

"그쪽도 크리스마스를 준비하러 온 거죠?" 접이의자에 앉아 있던 부인이 말참견을 했다. "크리스마스는 아무도 피해 가지 못해요."

다시 집으로 향했다.

남편이 후닥닥 만들어 주었던 저녁밥을 생각해 본다. 엄마가 그릴에 구워 주었던 야채도. 남들이 우리를 대신해 만들어 준 그 모든 것을 생각해 본다. 우리는 그들에게 감사해야 할까? 그야 물론이다. 그들이 우리가 해야 할 일에 대한 부담을 덜어 주긴 하지만, 우리가 경험할 수 있는 가능성을 차단할지라도? 그들의 잘못일까? 때로는 그렇다. 우리의 잘못일까? 항상 그렇다.

'아무도 피해 가지 못하는' 크리스마스를 생각한다.

생각하면서 걷고, 걸으면서 생각하다 보니 꽃집이 보인다.

생산가게와 마찬가지로 내 뇌의 일부는 집에 가는 길에 꽃집이 있다는 것을 알고 있었다. 그렇지만 생선가게와 마찬가지로 간밤에 꽃집 건물이 생겨 이제야 개업한 것 같다. 지금 내게 꽃집이 필요하니 말이다.

서둘러 안으로 들어가 바이킹 같은 체격에 조그만 무지개색 테의 안경을 낀 꽃집 아줌마에게 말했다. "씨를 심어 보고 싶어요."

"무슨 씨를 심고 싶으세요?"

"고추씨는 어떨까요?" 생선가게 부인의 '고추가 있으면 맛이 더 좋거든요'라던 말이 언뜻 떠올라 그렇게 내뱉고 말았다.

"고추씨는 3월에 심어요." 주인 여자가 선언하듯 말했다.

"아." 주인 여자의 말이 의견인지 사실인지 모르겠다.

단어를 가지고 일을 하는 직업인지라 상대적인 것에 익숙한 나는 절대적인 진리가 미덥지 못하다. 특히 그것이 원인과 자연

스럽게 연결된 결과일 때 그러하다. 비카렐로 시장이 결혼식 주
례를 설 때, "죽음이 서로를 갈라놓을 때까지" 하며 나와 남편에
게 혼인 서약을 시켰다. 단호하게. 그러나 우리는 이혼했다. 그래
서 나는 상관없다며 이렇게 말했다. "고추씨를 주세요."

"상추와 같이 심는 거 어때요? 요즘 같은 시기에 딱 좋아요."

제 얘기 좀 들어 보시죠. 저는 뭔가 새로운 일에 10분을 쓰고
있어요. 오늘 갑자기 '남이 우리를 위해 뭔가를 할 때, 우리에게
기회를 주는 걸까, 아니면 사실은 기회를 빼앗는 걸까?' 하는 의
문이 내 마음을 긁어 대더군요. 그래서 식물을 키우고 싶어졌어
요. 텃밭이 있는 곳에서 자란 나란 사람이 말이에요. 부모님은 나
를 위해 늘 텃밭을 일구셨죠. 그렇게 대답하고 싶었다.

그러나 입으로는 이 말밖에 나오지 않았다. "좋아요. 고추씨와
상추씨 한 봉지씩 주세요."

"알겠습니다."

"흙도 한 자루 주시고요."

"화분은 있어요?"

"없어요."

"여기 있어요. 화분은 건조한 곳에 보관하세요. 너무 더워도 안
되고, 너무 추워도 안 돼요. 흙은 늘 젖어 있도록 해 주세요."

"네."

"고추는 2월 말이나 돼야 열릴 겁니다."

“그런가 봐야죠.”
“그럴 겁니다.”

짜릿하다. 그렇다. 흙이 가득 들어 있는 자루에서 흙을 손으로 퍼서 화분에 넣는 일은 짜릿하다. 포르노 사이트보다도. 뜻하지 않게 전율이 등줄기를 타고 오른다. 내게도 몸뚱이가 있다는 사실을 느껴 본 지가 1년이 넘었다.

하지만 내게도 몸이 있을지도 모르겠다.

부모님이 텃밭에서 일을 하실 때 이런 감정을 느꼈을지도 모르겠다. 아이가 느끼는 원초적인 기쁨, 다리와 얼굴까지 전부 신선한 흙에 담그고 싶은 유혹을 말이다. 자아를 망각하고 또 다른 자아를 떠올릴 정도로. 자아보다 더 위험하고 심오한 또 다른 자아. 어리석고, 영원하고, 지극히 새로운 자아.

부모님이 그것을 느꼈다면, 낳은 것이 설명될 수 있을 것이다. 가령 부모님이 나보고 대신 텃밭을 돌보라고 떠밀지 않은 것이라든지.

남들이 우리를 위해 뭔가를 할 때, 그들은 우리에게 기회를 주는 것일까, 아니면 사실은 기회를 뺏는 것일까?

그걸 누가 알겠는가. 남들에게 그 뭔가를 맡긴다는 것을 우리는 모른다. 남들도 모른다. 그들이 우리를 위해 그 뭔가를 한다는 것을.

나는 아직도 자루에 손을 담그고 있다. 아직도. 아직도.

나는 상추씨를 심는다.

나는 자루에 손을 담근다.

나는 고추씨를 심는다.

나는 자루에 손을 담근다. 봉투에 쓰인 대로 흙으로 씨를 덮는다. 꽃집 여자의 조언을 따라 흙에 물을 준다. 화분을 부엌 선반에 올려 둔다. 해가 들지 않는 곳이다. 그러나 절대 추운 곳은 아니다.

"정말 싹을 틔울 거지?" 고추씨를 심은 화분에 귀를 대고 속삭인다. "정말 싹을 틔울 거지?"

나는 아직도 흙을 만지고 있다. 아직도. 아직도.

기저귀를 갈다

에리코 부오난노는 독창적이면서도 귀한 일을 했다. 『한밤의 작은 세레나데』, 『그것이 진실일 것이다』, 『네로 신드롬』 같은 책을 썼고, 자식도 둘 있다.

첫째인 페피노는 13개월 됐고, 내가 대모이다. 둘째인 카를레토는 3주 전에 태어났다. 에리코와 클라우디아도 남편과 나처럼 고등학교 졸업반 때부터 함께 했다.

그들은 그렇지 않다고 말하지만 우리 부부가 선배인 셈이다.

카를레토는 오늘 처음 만났다. 녀석은 신생아라서 엄마 품에 꼭 안겨 있는데, 순수하고, 겁먹은 표정이다.

클라우디아는 언제나처럼 멜빵 청바지를 입고 끈이 풀린 운동화를 신고 있었다. 화장기 하나 없는 얼굴에 주근깨가 가득하다. 마치 어린애 같다. 그러나 클라우디아는 존경받는 안과 의사다. 국제회의 때문에 마이애미에 다녀오기도 했다. 어느 해 여름에는 국경없는 의사회와 함께 우간다에 다녀왔다. 서른두 살에 둘째를 출산하기도 했다. 지금 클라우디아는 미소를 짓고 있다. 두 사람은 10분 게임을 위해 아이들을 데려왔다.

"페피노의 기저귀를 갈 거야, 아니면 카를레토의 것을 갈 거야?" 클라우디아가 묻는다.

"무슨 차이가 있어?"

에리코와 클라우디아는 공모자인 양 서로의 얼굴을 쳐다본다.

"차이가 엄청나지." 에리코가 대답한다. "카를레토는 아직도 탯줄이 붙어 있어서 조심해야 하고, 잘 닦아 줘야 해. 똥은 초록색이고, 물이 많고, 시큼한 냄새가 나지."

"하지만 페피노의 똥은 어른 것과 같아." 클라우디아가 딱 잘라 말한다. "그래도 내 말대로 하면 10분 안에 두 놈 모두의 기저귀를 갈 수 있어."

우리는 페피노부터 시작했다.

유일한 대자(代子)이고, 녀석의 부모를 진심으로 좋아하기도 하지만 아주 특별한 아이라고 생각하기 때문에 녀석의 기저귀부터 갈아 주고 싶었다. 아기의 표정은 천연덕스럽게도 자신이 사랑을

받고 있다는 확신, 호기심, 영리함, 다소간의 열광을 담아내고 있
었다.

지금 녀석은 내가 부모인양 구는 것도 10분 정도라면 충분히
견뎌 줄 수 있다는 표정이다. 녀석이 시험을 치르는 사람 같다.
다행히 녀석은 시험 보는 게 즐겁다. 기저귀 교체대에 누워 즐겁
게 발차기를 하고 있다.

"반바지를 벗겨." 클라우디아가 코치를 해 주었다. "좋아. 다음
에는 몸을 잘 잡고 기저귀를 열어 봐."

사실 한 살 된 아기의 똥은 어른의 것과 별반 다를 것이 없다.
좋은 쪽으로나 나쁜 쪽으로나.

"이젠 한 손으로 다리를 잡고 올린 다음, 더러워진 기저귀를 빼
내."

페피노가 협조적이었던 덕분에 모든 것이 순조로웠다.

"더러운 기저귀는 어디에 버리지?" 10분 게임의 장점인지 단점
인지는 몰라도 나는 어떻게 할지 몰라서 질문을 많이 한다.

"어떤 도시에는 대형 쓰레기통이 있대." 에리코가 말한다. "하
지만 이 동네에서는 일반 쓰레기랑 같이 버려. 지금은 발코니에
둔 쓰레기봉투에 넣으면 돼."

에리코의 말을 따랐다. 그리고 젖은 수건으로 페피노를 닦아
준 다음, 보습 크림을 발라 준다. 다시 다리를 잡아 위로 올린 다
음, 엉덩이 밑으로 깨끗한 기저귀를 넣고 채운다.

에리코가 시간을 쟀다. 6분이 걸렸다.

다음은 카를레토 차례이다. 방법은 동일하지만, 탯줄을 소독해야 한다. 클라우디아는 더러워진 가제를 떼어 내고 새 가제에 알코올을 적셔 탯줄 주위를 감싸라고 가르쳐 준다.

7분이 걸렸다.

"나 어땠어?"

"아주 잘했어." 에리코와 클라우디아가 인정해 주었다.

불행히도 페피노와 카를레토는 그들의 생각을 말할 수 없다. 에리코와 클라우디아는 내가 크리스마스 선물로 준비해 둔 고무로 만든 돼지와 소 인형을 가지고 아이들과 놀아 주었다.

"그렇게 오랫동안 잡지 칼럼을 썼는데, 왜 당신들 부부를 인터뷰하지 않았을까?"

"그야 우리는 너무 평범하니까." 클라우디아가 대답한다.

"바로 그거야."

「일요일 점심」에서 모든 형태의 가족을 소개했다. 잡지사는 1년 간 외국에 가는 것도 허락했다. 모르몬교 교주의 하렘에서 점심 식사를 했고, 중국 위수의 고아원에서 점심 식사를 했고, 티베트에서 점심 식사를 했다. 갑자기 이런 생각이 든다. 무한히 다양한 형태의 부부를 열심히 만나고 다니느라 모든 부부에게 똑같이 있는 기본적인 것을 놓치지 않았는지 말이다.

예를 들어 인내심 같은 것.

상대의 똥냄새를 받아들이는 것.

우리는 상대방이 주는 많은 기회들을 당연하게 받으면서도 동시에 그들을 우리 불행의 원천이자 절망이며 끔찍한 골칫거리로 여긴다.

"당신을 도저히 참을 수가 없어서 도망쳤어, 미스터 마구."

남편은 운전 연수를 해 줄 때마다 그렇게 말했다. 어제도 클러치에 충격을 주지 않고 기어를 낮추려고 노력할 때 이렇게 말했다.

"당신이란 사람을 참을 수가 없었어."

그러나 시큼한 초록색 똥을 싸는 것이 카를레토의 권리가 아니고, 에리코가 소파에 조용히 앉아 차를 마시는 동안 젖소 인형과 돼지 인형을 가지고 노는 것이 페피노의 권리가 아니고, 돼지와 젖소를 죽이는 것이 에리코의 권리는 아니다. 번번이 싫증을 내는 것이 모든 사람의 권리가 아니고, 악취를 풍기는 것, 말이 많거나 말이 없는 것, 다소 꼴사나운 것, 참을 수 없게 된 것이 우리 모두의 권리는 아니다.

"어쩌면 남편과 나는 예상하지 못했던 거야." 나는 혼자 중얼거렸다.

"뭘 말이야?" 클라우디아가 묻는다.

"타인이 자신과 상관없이 존재한다는 것을. 타인을 자기 마음대로 할 수가 없다는 것을."

"이제는 타인을 염두에 두기로 한 거야?" 에리코가 묻는다. 그 사이 젖소와 돼지에게 이미 싫증이 난 페피노는 찻주전자에 손을 넣겠다고 고집을 부린다.

"타인이 준비가 된 상태라면, 나도 준비하겠지." 내가 대답했다. "하지만 타인도 같은 생각인지 모르겠어."

"둘 중 한 사람이 먼저 시작해야겠지." 클라우디아는 그렇게 말했지만, 자신의 의견을 말하고 싶은 것이 아니었다. 부드러운 목소리로 마치 예언자처럼 그렇게 말했던 것이다.

"버림받은 일로 상처가 너무 커서 남편을 만나러 갈 수가 없어."

"그럼 남편이 만나러 오면 남편을 이해하도록 해 봐." 클라우디아의 목소리는 여전히 부드럽다. "적어도 남편이 그런 시도를 해 볼 수 있는 상황을 만들어 봐."

"그렇게 하고 싶지만, 그럴 수가 없어."

"페피노는 처음 몇 달 동안은 자기 방 침대에 혼자 있기만 하면 자지러지게 울었어."

"그래서 어떻게 했어?"

"우리는 귀와 가슴이 찢어지는 것 같았지만, 그냥 울도록 내버려뒀어. 그게 우리가 방에 함께 없어도 혼자 자는 법을 배우는 유일한 방법이거든."

"그래서 배웠어?"

"그럼." 갑자기 예언자가 사라지고 안과 의사가 온다. 의사가 오고, 진단이 내려진다. 정확한 처방이, 유일하게 가능한 처방이 내려진다. "키아라, 사랑하는 사람이 원하는 대로 따라 주지 않는 건 괴로운 일이야. 하지만 때때로 필요하지. 무한정 마음대로 하게 둔다면 우리에게나 저들에게나 도움이 될 것은 없어."

에리코와 클라우디아의 집을 나와 전철역으로 향했다. 30분 후에 남편에게 또 운전을 배울 것이다.

남편 친구 집 주차장에 가려면 A라인을 타야 했다.

나는 B라인을 타고 집에 돌아왔다.

남편은 약속 시간이 5분 지나자 얼른 전화를 했다. 남편과 한 약속이라면 한 번도 늦은 적이 없었다. 남편도 그것을 알고 있다.

남편의 전화를 받지 않았다.

집에 도착해서, 고추와 상추에 물을 주었다.

오늘 오후 미용실에서 산 빨간색 매니큐어를 손톱에 바른다.

마음에 들지 않아 지운다. 하늘색을 칠한다. 그건 마음에 든다.

남편이 계속 전화를 했다.

휴대폰을 무음으로 돌려놓고, 전화선을 뽑았다.

그리고 햄을 넣은 크레페를 만들었다. 조리법은 팬케이크와 거의 똑같다.

크레페를 먹은 다음 잠을 청했다.

12월 21일, 금요일
동지
일출 7시 34분 — 일몰 16시 42분

당신이 누군지 모르지만, 사랑합니다

마야인들이 정말 옳았을까? 오늘이 정말 오늘이라면, 오늘이 2012년 12월 21일이라면?(편집자 주: 마야인들은 마야력 2012년 12월 21일에 종말이 온다고 예고했다.)

지금까지 한 번도 하지 않았지만, 앞으로 하게 될 마지막 행동은 무엇일까?

그게 무엇일지 모르겠지만, 나는 평소대로 행동할 것이다. 나는 그럴 것이다. 헬스장 러닝머신을 걸으며 생각해 본다. 남편과 너무 많은 말을 시끄럽게 떠들 때면, 단 한 마디만 했던 때로 돌아가고 싶다. 어제 오후 클라우디아와 에리코와 이야기 나눈 후부터는 더욱 그랬다. 그때는 간단한 한 마디. 다른 어떤 말보다 그 한 마디면 충분했다.

남편이 그 말을 할 수 없다면, 누군가 내게 그 말을 해 주면 좋겠다.

남편에게 그 말을 할 수 없다면, 내가 누군가에게 그 말을 하고 싶다.

나는 러닝머신을 멈췄다. 탈의실에 가서 휴대폰을 잡았다. 그리고 '사랑해'라는 문자를 쳤다. 에는 러닝머신과 헬스 사이클 방으로 돌아가서, 세상의 종말이 올지라도 살아남고 싶은 사람처럼 맹렬하게 페달을 밟고 있는 남자에게 다가갔다.

"실례합니다."

남자는 동작을 멈추고 뒤로 돌아보았다. 그 중국인! 풍등을 팔았던 가게 주인이다. 그 남자도 이 헬스장을 다니는 줄은 몰랐다. 그날 그는 내게 매우 친절했다. 하지만 지금은 운동을 중단해야 해서 짜증이 난 게 틀림없었다. 내가 미소를 지었다. 중국인은 표정이 굳어 있었다.

중국인에게 휴대폰을 내밀며 말했다. "전화번호부에서 한 명만 골라서 이 문자 좀 보내주실 수 있어요?"

중국인은 다소 화가 난 표정으로 나를 응시하면서 움직이지 않았다.

"러시안 룰렛과 비슷해요. 제가 요즘 슈타이너 박사가 제안한

실험을 하고 있어요. 말하자면 길어요. 매일 10분 동안 새로운 일을 해야 하는 거예요. 오늘은 세상의 종말이 올 것 같아서 아무에게나 사랑한다고 말하고 싶어요. 어떤 결과가 생길지 알고 싶기도 한데……."

중국인은 휴대폰을 받아서 전화번호 목록을 빠르게 살펴보더니, 이름 하나를 선택해서 문자를 보냈다. 그리고 내게 휴대폰을 돌려주고 나서 다시 페달을 밟았다. 그는 계속 입을 다문 채 말이 없었다.

중국인에게 고맙다고 말한 다음 탈의실로 돌아왔다. 이제는 러시안 룰렛처럼 무작위로 보낸 문자가 가져올 결과를 10분 동안 기다려야 했다.

누구에게 문자를 보냈을까? 편집자에게? 나를 해고했던 잡지사 부장에게? 아토를 담당하는 선생님께? 누구에게 보냈을까?

남편에게?

너무 초조해서 몸이 산산조각 부서지는 것 같았다.

7분이 지나자 올 것이 왔다. 삑 삑.

문자는 마티아에게 갔다. 영혼이 섬세하고 깊은, 레체 출신의 친구이다. 수년 전 내 소설을 출간하려던 시절 마티아를 만났다. 우리는 추천사 때문에 만나서 부모님과 아이들 이야기를 했다. 그러다 내 마음 속에 있던 모든 것을 얘기했고, 마티아도 마음 속 이야기를 털어놓았다.

마티아가 답장을 보냈다.

키아라, 괜찮아요?

나는 몇 분 기다린 다음 그에게 전화를 해서 자초지종을 설명해야 한다.

몇 분 동안 기다린다.

1분.

2분.

3분.

마티아에게 전화를 걸어서 상황을 설명했다.

하지만 사실은 이렇다. 오늘 지구의 종말이 온다 해도 나는 '사랑해'라고 말했을 것이고, 그에 대한 답변으로 '괜찮아요?' 하는 답장을 받았을 것이다.

아무튼, '사랑해'라고 말하는 것이 정상이 아닌 것처럼, 그런 말을 하는 내가 정상은 아니다.

앞으로는 사랑한다는 말을 할 수 없는 것처럼.

그런가?

눈물이 나온다. 천천히. 그러다 왈칵. 헬스장 탈의실에서.

그런가?

또 다른 문자를 쳤다.

이번에는 전화번호부에 있는 모든 사람에게 문자를 보낸다. 나를 해고한 부장과 소수의 몇 사람을 제외하고. 남편을 제외하고.

우리 집에서 함께 살았던 동거인들에게 문자를 보냈다. 브뤼셀에서 살고 있는 카를로, 토리노에서 살고 있는 알렉산드로, 요리사 빈첸초, 배우 이고르. 그리고 로드리고, 마누엘, 로베르토. 친구 로코가 어이없이 교통사고로 죽었을 때 알게 된 미켈레. 미켈레도 로코를 사랑했고, 나도 로코를 사랑했기에 우리는 쉽게 친해졌다. 로코의 사촌들인 이반과 타티아나. 내 사촌인 미켈레와 카롤리나. 엘리사와 엘리사의 언니, 부모님, 이모, 애인이 피렌체에서 레스토랑을 하는 프란체스코. 재래시장에서 만났던 죠이아. 에리코와 클라우디아. 인생이 아무 의미가 없다고 생각했을 때, 계속 의미를 부여해 주었던 사람들. 즉 쟈다, 프란체스카, 안나리사, 놀란, 안나레나, 라우라, 루츠, 알렉산드, 월터. 프란체스코와 그의 애인 안나. 로베르타와 클라우디오. 다니엘라, 로베르토, 다비데와 알렉산드로. 파비아노와 마리아 키아라. 에리카와 마르코. 에우제니오와 클라우디오. 여성 듀엣 에베르니에스의 싱어 라켈레와 세레나. 또 있다. 아프리카에 살고 있는 알베르타. 혹시 모르지 않는가. 알베르타가 미친 척하고 비행기를 타고 올지. 아나스타시아, 안토넬라, 안토니오. 카를로 C., 키아라, 클라라. 엘레오노라, 엘레트라, 엔리카, 페데리카, 풀피오, 이레네. 로렌초, 로울라, 루치아노, 루이자. 나 때문에 로마를 응원하는 루카와 귀도. 니콜로, 니콜라, 니콜레. 파올로, 파트리치아, 파트리치오. 로베르타, 로베르토. 고등학교 동창들인 에밀리아노, 발레리오, 다비데, 필리포, 혀로 키스하는 법을 가르쳐 준, 중학교 때 짝꿍 가이아. 남동생, 남동생의 전 애인, 남동생의 대학 동창들. 잔피에트로와 함께 지난 여름에 묵었던 포르멘테라 숙소의 주인인 다니엘라. 노란색 버스에서 살고 있는 토르페도니 부부, 늘 포르노 사이트에 접속하는, 이혼 많이 한 남자, 「일요일 점심」에 등장했던 모든 주인공들, 비카렐로에 사는 이웃들, 신문 파는 아저씨, 바리스타, 바리스타의 애인. 도배사, 도배사의 아내, 도배사의 딸 일라리아. 라이카와 산책하는 클라우디아. 실베스트로, 실비아, 실비, 수잔나. 조르지나, 줄리아, 줄리아노. 막달레나, 마르코, 마리오. 출판사의 인쇄소 실장님, 편집자, 교정자. 미용실의 크리스티나와 티치아나. 발렌티나, 바넬라, 완다. 조르지오.

12월 25일 점심 식사 후에 집에서 기다릴게요. 우리 함께 크리스마스 보내요.

전 세계 사람들이 이런 문자를 보낸다.

우리 함께 크리스마스 보내요.

제발.

나를 혼자 버려두지 마세요.

머리카락 자르기

아토는 오늘부터 크리스마스 방학이다.

쉼터 선생님들이 내 집에서 크리스마스를 보내도 좋다고 허락했다.

오래 전부터 미루어 왔던 일을 마침내 하기에 가장 좋은 날인 것 같다. 아토에게 그것을 해 줄 사람은 나밖에 없기 때문이다.

"제발, 너무 짧게 하지 말아요." 아토가 애원했다.

"걱정 마. 지금 넌 꼭 밤송이 같아. 날 믿어." 나는 아토를 안심시켰다.

아토를 의자에 앉히고, 어깨에 수건을 올려놓은 다음, 곱슬머리 하나를 잘랐다. 또 다른 곱슬머리를 잘랐다. 곱실거리는 머리가 긴 데다가 엉켜있기까지 해서 어떻게 할 수가 없었다.

10분 동안 아토의 머리카락을 잘랐다.

부엌 바닥에 까만 곱슬머리가 떨어져 뒹군다.

"다 됐어."

그런데 내가 만든 작품을 보며 감탄하기도 전에 아토가 후다닥 화장실로 달려가 거울을 보더니 비탄에 잠긴 얼굴을 하고 돌아왔다.

"왜 그래?"

"해리 포터의 사촌, 더들리처럼 멍청해 보이잖아요." 억지로 울음을 참느라 애쓰지만, 정말 울고 싶은 사람처럼 목소리가 끊겨서 나온다. "흑인 더들리예요. 바로 제가 말이에요. 구역질나요."

"더들리가 누군지 모르겠지만, 넌 절대 구역질나지 않아. 잘봐. 얼마나 멋진데."

그건 사실이다. 내 말이 조금 과장일 수도 있겠다. 특히 옆머리는 거의 면도 수준이다. 하지만 이렇게 보니 아토는 더욱 키가 커 보인다. 더 용감해 보인다. 게다가 더욱 귀티가 난다.

"우우, 그럴지도 모르죠." 아토가 코를 비죽거렸다. "그래도 나는 헤어스타일 바꾸는 거 싫어해요. 내 말이 무슨 말인지 알겠어요, 키아라 아줌마?"

타인이 말할 때 들리는 목소리

일어나 보니 로드리고가 부엌에서 헤드폰과 이상한 물건을 들고 서 있다. 비테르보에서 콘서트를 한 뒤, 어젯밤에 도착했다. 현관매트 아래에 둔 열쇠로 들어왔으니 우리는 이제야 겨우 얼굴을 맞댔다.

"벌써 일어난 거야?"

"이제 자러 가려는 참이야."

"아."

"이 마이크가 너무 마음에 들어서."

마이크를 보여 주었다. 200미터 반경 내에서 어떤 대화도 들을 수 있는 전문가용 방향성 마이크로폰이다.

"음향기사로 일하는 내 친구 것인데, 오늘 밤까지 빌려주기로 했어. 뮤직 비디오 사운드트랙을 만들 때 필요하다고 해. 개인 연구를 위해 사용한대. 무슨 말인지 알겠어? 레스토랑에 가면 다른 테이블 사람들의 대화 내용을 모두 들을 수 있어. 귓속말까지도."

"로드리고?"

"응."

"넌 이제 쉴 거지?"

"응."

"내가 이 방향성 마이크로폰 좀 써도 될까? 딱 10분만."

로드리고는 잠을 자러 가고, 나는 마이크로폰을 가방에 넣고 헤드폰을 낀 채 외출을 한다.

나는 동네를 어슬렁거렸다. 그렇게 증오했던 동네를.

하지만 이 동네에 슬슬 믿음이 갔다.

생선가게 앞을 지나면서 이제야 깨딜았다. 아는 생선가게다. 꽃가게 앞을 지났다. 바이킹 같은 주인 여자가 판매대의 크리스마스 장식별을 정리하고 있었다. 주인 여자를 알아보고, 판매대를 알아보았다. 수예점과 중국인의 집을 지났다. 수예점도, 중국인의 집도 눈에 익은 곳이다.

우리가 매일 주변을 관찰하며 생기는 욕망 때문에 그랬을까. 「양들의 침묵」의 한니발 렉터는 클라리스 스탈링에게 너무 먼 곳에서 찾지 말라고, 살인자는 희생자의 이웃이라고 힌트를 주었다.

그럴까? 이 동네를 계속 관찰하다 보면, 동네에 있는 꽃가게, 생선가게, 일요일 벼룩시장을 계속 드나들다 보면, 결국 여기에 살고 싶은 마음이 들까? 하다못해 이 동네 주민으로 사는 걸 받아들이게 될까?

그렇게 되면 그건 실패일까? 아니면 이 동네를 정복한 것일까? 그야 당연히 정복이죠. T박사는 그렇게 말할 것이다. "변화 때문에 고통을 느끼지만, 그로 인해 더 나은 사람이 되기도 한다." 누가 이런 말을 했지? 한니발 렉터? 아니다. 아마 피에르 파올로 파솔리니일 것이다. 어제 머리를 깎은 다음에 아토가 했던 말도 어찌 보면 그런 뜻이다.

산책을 계속했다. 잡념을 없애려고 마이크로폰을 켰다.

놀랍고 충격적이다. 갑작스레 모든 사람들과 함께 있는 것 같았다. 갑자기 도처에 있는 사람들이 하는 말이 다 들렸다. 가게 정리를 하는 동안 바이킹 같은 체구의 꽃집 여자가 부르는 파티 브라포의 노래. 생선가게 앞에 줄을 선 손님들의 잡담 소리. 동네 중앙 광장, 바에 앉아 있는 사람들의 대화. 나도 바에 가서 카푸치노 한 잔을 시켰다. 마이크로폰을 한 테이블로 향했다가 또 다른 테이블로 돌리기도 했다. 그리고 귀를 기울였다. 눈을 감은 채.

"새로 생긴 로마 박람회장에 가는 버스를 어디서 타지?"

"아마 나치오날레가일걸."

"아냐, 카부르가야."

"파올로한테 크리스마스 선물 뭐 했어?"

"팀버랜드 스웨터."

"나도 어제 팀버랜드 등산화 샀어."

"여배우 두르소가 진행하는 방송에 베를루스코니가 출연했는데, 방송 끝나고 나서 트위터 봤어? 난리 났었는데."

"셀바지아는 이렇게 썼대. '두르소는 우리 여자들 편인데, 영화 보러 가겠다는 여고생을 말리고 돈을 준 이유가 뭔지 왜 베를루스코니에게 물어보지 않았을까?'"

"나는 이렇게 썼지. 중세에 흑사병이 있었다면, 우리에겐 바바라 두르소가 있다."

"나는 부끄러운 줄 알라고만 썼는데."

"아직도 베를루스코니에게 표를 줄 사람이 있을 거라고 생각해?"

"그렇지 않길 바라."

"믹서에 뭘 넣을까요?"

"오늘 오후 몬티가 선거캠페인 포스터를 트위터에 올렸어."

"오렌지, 당근, 생강이요."

"휴대폰 약정을 새로 바꿨어. 10유로 요금제야. 400분 통화, 문자 1,000통, 인터넷 2기가."

"벨렌이 서글서글한 미인이래. 발레를 하는데, 속옷을 안 입는대. 엠마가 그랬어."

“말도 안 돼.”

“미친년.”

“그래도 매력 있는 걸.”

“『레푸블리카』 신문 읽었어? 애플 직원들이 그러는데, 스티브 잡스가 파시스트였대.”

“옛날에 기차를 타면 친구들과 얘기를 할 수 있었는데. 요새는 잡스 때문에 사람들이 아이패드에 코만 처박고 있으니.”

“마르퀴뇨스에게 레드카드를 주다니, 말도 안 돼.”

“아니 왜 내 허리에 몸을 찰싹 붙이는 거야?!” 하는 소리가 크리스마스가 이틀밖에 안 남은 일요일 사람들의 대화 사이를 마치 유성처럼 헤치며 파고들었다. 고함소리. 고막이 터질 것 같아, 마이크로폰 볼륨을 낮췄다. “뭘 더 바라는데? 응?! 네 나무에 사는 원숭이는 떨어지는 법도 없냐? 제기랄! 맨날 똑같아!”

광녀였다. 동네 사람들은 별 생각 없이 그 여자를 그렇게 부른다. 미용실 주인 크리스티나 말로는, 광녀가 어마어마한 부잣집 딸이었는데, 갑자기 모든 것을 버렸다는 것이다. 가문도, 파리올리 별장도, 남편도, 딸도, 정신도 버렸다. 광녀는 이리저리 떠돌아다녔다. 이 동네에 처음 이사 왔을 때, 광녀를 보고 있으면, 그녀는 피할 수 없는 저주를 예언하는 것 같았다.

그때 그녀의 검은 눈동자는 나를 꿰뚫어 보았다. 흰 곱슬머리를 흔들며 신을 모욕했고 우아한 파란 카프탄드레스의 소매로 금욕적인 얼굴을 문질렀다. 광녀가 내 사정을 뻔히 알고 있는 것 같았다. 남편과 사랑하지 않은 지 얼마나 됐나? 내게 그렇게 물어보는 것 같았다. 둘이서만 외식한 지 얼마나 됐지? 서로의 안부를 물은 지 얼마나 됐지?

남편이 더블린으로 떠났을 때, 광녀가 그 사태를 예상한 것이 틀림없었다. 광녀는 괴로워했다. 그게 아니라면 불쾌해 했을 것이다. 광녀는 이 세상에 살고 있고, 살아남았다고 착각하고 있었다. 자기가 뭔데?

"네가 프란체스코 데 그레고리가 아니라면, 프란체스코 데 그레고리가 아니겠지! 네가 프란체스코 데 그레고리라면, 너만 프란체스코 데 그레고리겠지! 됐어! 끝장이야!" 헤드폰으로 계속 고함소리가 들린다. 지금 광녀는 바 앞 교회 계단에 쭈그리고 앉아 평소처럼 혼자 열띤 논쟁을 하고 있는 중이다.

"프란체스코 데 그레고리, 행복해? 불쌍한 하마…… 들어갈 거야? 나갈 거야? 동물원 문에 버티고 있으니 지나갈 수 없잖아. 비켜!"

이건 옳지 않다. 그렇게 말하기는 쉽다. 하지만 마이크로폰을 켜고 정확히 7분 만에 나는 그 말을 듣고 처음으로 위로를 받았다. 인간성에 대해서 말이다. 바르바라 두르소와 베를루스코니를 비난하는 트윗들, 벨렌에 대한 가십, 스티브 잡스에 대해 오간 모든 이야기 위로 앞뒤가 맞지 않지만 신성한 빛이 번득이는 말(言)이 타고 오른다. 마치 마술 램프나 매, 비누거품처럼. 하지만 휴대폰 약정은 현실의 일이다. 일상은 현실의 시간에서 말하기 쉽기 때문에 현실의 지혜와 분노, 더러운 속임수 속에서 이루어진다. 우리는 광녀와 함께 산다.

남편과 일상 이야기를 하지 않을 수만 있다면 무슨 짓이라도 했을 것이다.

우체국 가?

당신이 도와주면 일주일에 두 번 오는 도우미를 안 써도 돼. 한 번만 불러도 되고.

내가 아끼는 유일한 구두를 엉망으로 만들었어, 빌어먹을.

너희 엄마가 세탁기 사용법도 안 가르쳐 주셨냐?

너희 엄마가 그렇게 가르쳤어? 어디서 배워 먹은 버릇이야?

미친놈.

미친년.

꺼져!

옛날에는 그랬을 것이다. 그러나 언제부턴가 이유는 알 수 없지만 그런 일이 시들해졌다. 긴장이 풀렸다. 그러자 현실이 슬쩍 끼어들었다. 현실은 우리보다 훨씬 강렬했다.

왜 답장 안 해? 남편이 최근 사흘간 쉬지도 않고 전화를 해 대더니 간밤에 그렇게 문자를 보냈다.

네가 프란체스코 데 그레고리가 아니라면, 프란체스코 데 그레고리가 아니겠지! 네가 프란체스코 데 그레고리라면, 너만 프란체스코 데 그레고리겠지! 됐어! 끝장이야! 이렇게 답장했다.

그래서?

즉시 답장을 보냈다.

그러니까 들어오던지 아니면 나가던지. 문에 버티고 있으니 내가 지나갈 수가 없잖아.

사람들은 확신을 가지고 자기들끼리 계속 속삭였다. 하지만 자신들도 모르는 사이에 사람들은 내 귀에 이렇게 속삭였다.

"그래도 아이패드는 정말 유용해."

"피니, 팔로워가 몇 명이야?"

"당근과 오렌지를 갈아 주면 고맙겠어요. 생강은 빼 주세요."

"팔로워가 거의 2,000명이야."

"너도 알지? 데 그레고리가 핀란드 사람이란 걸 말이야. 아닌 것 같아. 시베리아 사람이라고 생각하는 거야?"

산타할아버지처럼

아토와 나는 떠나는 로드리고를 배웅하고, 도착하는 잔피에트로를 맞기 위해 역으로 갔다.

내일이

바로

크리스마스이기

때문에.

태어나 여태까지 보낸 서른다섯 번의 크리스마스이브 중에서 열여덟 번은 남편과 함께였고 외국에 있었지만, 오늘은 낯선 나라가 아니었고 남편도 옆에 없었다.

서른다섯 번의 크리스마스이브 중에서 서른네 번은 내가 세상의 어느 곳에 가 있든 여권의 집 주소에는 비카렐로 주소가 적혀 있었다.

서른다섯 번의 크리스마스이브 중에서 여덟 번은 외국에 나가서도 잡지 칼럼 아이디어를 생각하고 있었다.

아무튼 오늘은 크리스마스이브이다. 무엇보다도.

내일이

크리스마스

이다.

드디어 잔피에트로가 보라색과 노란색이 들어간 목도리를 두르고 엉덩이를 씰룩씰룩 흔들면서 두 팔을 활짝 벌리고 플랫폼으로 걸어 나오고 있다.

"멋진 걸!" 내게 말했다.

"너도 멋있어."

아토를 알게 된 이후 이렇게 유쾌한 모습은 처음이다. 마침내 아토는 피에라 이모를 정면으로 바라보면서 웃는다. 이야기를 하면서도 웃고, 들으면서도 웃는다.

잔피에트로에게는 양면이 있다. 열정이 넘치면 한없이 감정을 과장하다가도 우울해지면 끝 모를 심연에 빠져서 헤어 나올 줄 모른다.

비카렐로 집에서 동거했을 때, 집에 돌아오면 잔피에트로는 티비에서 본 발레 동작을 해 보고 있지 않으면 소파에 쓰러져서 천정만 쳐다보곤 했다.

그는 지루한 상태로 있느니 차라리 지옥 같은 상황에 빠져서 상처를 입는 편을 택한다.

나도 잔피에트로와 크게 다르지 않다. 우리의 동거는 짜릿하기도 했지만, 피곤하기도 했다. 잔피에트로가 기분이 좋을 때 나도 기분이 좋다면, 어디서든 축제 같은 분위기다. 하지만 둘 다 기분이 우울하고 부정적일 때는 며칠 동안 씻지도 않고 천정만 하염없이 쳐다본다. 세상에서 가장 쓸모없는 사람이 누구인지 서로 경쟁하듯 말이다.

잔피에트로가 팔레르모로 일하러 갔을 때부터 우리의 우정이 시작된 것도 우연이 아니다. 안전거리를 확보하니 최악의 상황으로 고군분투할 때라도 서로에게 최선을 다할 수 있었다.

어쨌든 다행히도 최근 몇 주간 잔피에트로는 생기가 넘쳤고, 모든 일을 같이 하려고 했고, 최고의 컨디션을 유지했다.

오늘 기차에서 내리는 잔피에트로의 모습은 여느 때보다 훨씬 활기차 보였다.

"네 남편은?" 집으로 걸어가는 도중에 잔피에트로가 묻는다.

"나흘 전부터 그 사람 전화는 안 받고 있어."

“왜?”

“남편은 결정을 내려야 하거든. 들어올 건지 아니면 나갈 건지. 문에 버티고 있으면 지나갈 수가 없어서.”

“좋은 생각이네.”

“내 생각이 아니라, 우리 동네 광녀의 생각이야.”

“잘 됐네.”

“잔피, 보고 싶었어. 계속. 지금까지 많은 일을 겪었지만, 남편이 품은 의문과 두려움을 이해하고 나니 더욱 남편이 그립기만 해. 우리가 함께 했던 것에 대한 그리움이겠지.” 이 말을 하는 지금에야 나는 그것을 이해한다.

“그렇겠지, 친구. 나도 똑같은 이유 때문에 오래 전부터 아버지에게 전화도 하고 고집을 부렸는데, 이제는 그만 하려고.” 잔피에트로가 말한다. 목소리가 담담하다. 하지만 이내 이렇게 덧붙인다. “이제 생선가게에 가서 모듬 해산물과 감성놈을 찾자. 그다음에는 산타할머니 옷 세 벌을 사자.”

“산타할아버지?”

“응. 나랑 너랑 여기 이 조카랑 입으려고. 오늘의 10분은 무엇을 하며 보낼 생각이었어?”

“크리스마스 파티에 가족들을 초대한 걸로 충분한 것 같은데. 그것도 난생 처음 해 보는 일이잖아.”

“그래도 오늘은 산타할아버지 옷을 입고 10분간 동네를 돌아

다니자. 아잉! 그리고 나서 멀쩡한 정신으로 저녁 식사를 어떻게
할지 생각해 보자고. 알았지?"

"산타할아버지 옷이 필요해? 어댑터? 다리미? 거기엔 다 있어."
크리스티나가 중국인의 집을 처음 소개해 줄 때 그렇게 말했다.

그래서 잔피에트로가 생선을 찾으러 가는 동안, 나는 중국인의
집으로 간다.

"산타할아버지 옷 있어요? 세 개 주세요." 중국인이 사흘 전 헬
스장에서 있었던 일로 나를 못 알아보기를 바라며 물었다.

그러나 중국인은 나를 보자마자 이렇게 물었다.

"휴대폰으로 새 메시지를 보내드릴까요?"

"아닙니다." 시선을 아래로 떨구었다. "저번 일은 사과할게요.
시험 삼아 해 본 건데, 방해가 되었다면……."

"전혀 방해되지 않았어요." 내 말을 가로막았다. "그날 제가 아
주 힘들었어요. 아내가 다리가 부러지는 바람에 집이고 가게고
엉망이었거든요. 같이하던 아내가 없어서요. 설상가상으로 아들
녀석마저 약혼자와 크리스마스를 보내겠다며 칼리아리에 갔어
요. 아내가 슬퍼요. 아내가 슬프고, 다리 아파요."

"저런. 내일은 가게 안 열죠?"

"네. 내일은 1년 중 유일하게 가게 문을 닫는 날이에요."

"부인과 함께 제 집에 오실래요? 친구들을 조금 초대했거든요.

점심 식사 하신 다음 오세요."

"고맙습니다. 하지만 방해하고 싶지 않아요."

"절대 아니에요. 정말로. 저도 내일은 쉽지 않은 날이에요. 그러니 사람이 많을수록 더 좋아요."

"왜 쉽지 않아요? 댁의 아들도 집에서 가족과 크리스마스를 안 보내나요? 당신 슬퍼요? 당신 다리 다쳤어요?"

"맞아요. 어떤 면에서 보면 그래요. 나 슬퍼요. 나 다리 다쳤어요."

우리는 산타할아버지 옷을 주섬주섬 입었다. 방울 달린 모자도 썼다.

수줍은 성격의 아토는 거북한지 이렇게 말한다. "수염은 안 달래요. 길에서 우리 반 애라도 만나면 어떻게 해요? 창피해요."

"걱정하지 말고, 수염을 붙여 봐." 피에라 이보가 아토를 설득했다. "딱 10분만 하면 돼. 그렇게 붙이면, 아무도 못 알아볼 거야. 나도 제법 유명인사라 사람들이 알면 곤란하거든."

우리는 곧장 밖으로 나갔다.

내가 사는 동네다.

마치 산타할아버지처럼.

세 명의 산타.

배도 안 나오고, 서두르지도 않고, 마음이 기쁨으로 넘치는 것이 아니라서 세상 사람들에게 기쁨을 나눠 주지도 못하는 산타.

이 세 명의 산타는 마음에 구멍이 뚫렸고, 생채기와 멍이 들어 있다. 하나는 결혼 생활에 위기가 찾아왔고, 다른 사람은 아버지가 그를 이해하지 못하고, 또 다른 사람은 에리트레아에서 가족을 잃었다.

10분이 지나야 한다.

아토는 시계의 숫자만 뚫어져라 응시하느라 정작 시간이 얼마나 지났는 지 몰랐다.

그러나 나와 잔피에트로는 조금 즐겁기도 했다. 산타할아버지는 아니라 해도 잠시나마 딴 사람이 될 수 있었다.

평범한 날이면 로마 시내를 뒤로 걸어가도 아무도 신경을 쓰지 않지만, 크리스마스이브 아침에는 행동을 조심해야 한다.

우리의 행동을 주시하는 사람이 있으므로.

"엄마! 저것 봐!"

"산타할아버지야!"

"세 명이나 돼!"

아이들이 우리를 가리켰다. 한 아이는 가다 말고, 엄마의 치맛자락을 붙잡았다. "나 사진 찍고 싶어! 사진!" 아이가 큰 소리로 말했다.

물론 나와 잔피에트로는 아이의 바람을 들어주었다.

아토는 사진 찍는 건 좋아한다.

우리는 계속 길을 걸었다.

잔피에트로가 담뱃불을 붙였다.

나는 전화가 와서 전화를 받았다.

그러자 아토는 이렇게 주의를 주었다. "산타할아버지는 이런 일은 하지 않아요."

아토의 말이 맞다.

잔피에트로는 담뱃불을 껐다.

나도 휴대폰을 껐다.

동네 중앙 작은 광장에 도착하자 우리는 성당 앞 계단에 앉았다. 잔피에트로가 혼자 중얼대더니 이내 목소리를 높여 노래를 불렀다. "징글벨, 징글벨……."

"안 돼요. 그건 너무 심해요." 아토는 무릎 사이로 고개를 숙이며 말했다.

잔피에트로는 계속 노래를 불렀다. "징글벨, 싱글벨." 아토가 부끄러워할수록 잔피에트로는 더욱 큰 소리로 불렀다. "징글 올 더 웨이……."

아토가 마침내 고개를 들자 잔피에트로가 아토 뒤로 갔다. 나도 그 뒤로 갔다.

"징글벨, 징글벨, 징글 올 더 웨이……."

작은 광장에 위치한 성당 앞 계단에 쭈그리고 앉아서.

산타할아버지 옷을 입고 흰 수염을 붙인 채로.

"……오 왓 펀 잇 이스 투 라이드 인 어 원 호스 오픈 슬레이……."

어떤 아줌마가 우리 앞에 1유로를 던져 주었다.

어떤 아기는 1유로짜리 두 개를 던져 주었다.

10분 만에 13유로를 모았다.

크리스마스이브에 산타 복장을 하고 로마 중심가를 활보할 때, 아무도 당신에게 신경 쓰지 않으리라 믿지 마라.

대신 감사의 마음을 믿으라. 모두 나름대로 다가오는 크리스마스와 화해해야 하기 때문이다.

일말의 동정심을 믿으라. 당신이 그렇게 변장을 했다면, 당신이 제일 먼저 크리스마스와 화해해야 하는 사람이기 때문이다.

"최고의 맛은 모두를 행복하게 하지."

"모두가 행복하면 맛도 최고가 되지."

부모님이 말씀하셨다.

사실 잔피에트로는 오늘 저녁 진정 최고의 요리사였다. 파에야 요리는 완벽했고, 감성돔 구이와 구운 감자도 완벽했고, 새로 개발한 앤초비 소스와 발사믹 식초 소스도 완벽했다.

부모님이 도착하시기 훨씬 전부터 나는 스파클링 화이트와인을 마시기 시작했다. 평소에는 반병만 마셔도 취하는데, 저녁 식사를 시작할 즈음에는 이미 한 병을 다 마셔 버렸다.

그래서 후식으로 티라미수를 먹을 때, 시도 때도 없이 건배하고 횡설수설 하면서 귀청을 찢을 듯이 "메리 크리스마스!" 하고 고함을 지른 사람이 누구인지 잘 모르겠다.

어쩌면 내가 그랬을 것이다.

그러자 누가 먼저랄 것도 없이 뒤따라 인사를 하는데, 상대의 허락을 구하느라 머뭇거리지도 않는다. "메리 크리스마스." 아버지가 인사한다.

"메리 크리스마스." 엄마가 말한다.

"메리 크리스마스." 동생이 말한다.

"메리 크리스마스." 잔피에트로가 말한다.

"메리 크리스마스." 아토가 말한다.

"메리 크리스마스." 나는 한 번 더 외친다. "메리 크리스마스!"

당신이 원하는 사람들과 보내는 크리스마스

아토, 잔피에트로와 함께 어제 남은 음식으로 점심을 먹었다.

오후 2시부터 사람들이 모여들기 시작하더니 이튿날 새벽 4시에도 초인종이 울렸다.

올해 크리스마스는 열여섯 시간이나 지속된 셈이다.

저녁 8시 무렵 거실 구석 소파에 앉아 10분 동안 사람들을 관찰했다.

사흘 전 내게 이런 문자를 받은 사람들이다. 12월 25일 점심을 먹은 다음 아무 때라도 좋으니 내 집으로 오세요. 크리스마스 함께 보내요. 그래서 오늘 모였다. 모두 진짜 왔다. 로드리고는 밀라노에서 낮에 기차를 타야 했다. 비카렐로 우리 집에서 함께 살았던 카를로는 브뤼셀에서 비행기를 탔고, 마찬가지로 우리 집에 머물던 승마기수, 알렉산드리아는 토리노에서 왔다. 모두 해낸 것이다. 중학교 동창, 고등학교 동창, 잡지 칼럼을 쓸 때 만난 사람들, 편집장, 우연히 만난 사람들, 늘 만나는 사람들, 심지어는 중국인과 그의 아내까지 왔다. 모두 진짜 왔다. 포도주, 살라미, 아토에게 줄 선물을 들고 왔다. 모두 제각각이다. 먹고, 마시고, 이야기하고, 신세한탄하고, 장소가 협소해서 의자 하나를 나눠서 앉고, 티비를 보고, 점심때 과식해서 바닥에 배를 깔고 누워 있고, 소파 팔걸이에 누워 잠을 자고, 담배에 불을 붙인다.

이들 사이에 남편은 없었다.

그러나 모두 여기 왔다. 크리스마스를 함께 보내려고.

모두 여든아홉 명이다.

많은 사람들이 왔다.

정말 많은 사람들이 왔다.

그래서 어쨌단 말이냐고?

삶이 공허해진 이후 이렇게 많은 사람들이 내 삶을 충만하게 채울 줄은 진정 몰랐다.

전화 친구

집이 터질 듯이 빼곡히 들어선 손님들이 크리스마스를 즐기는 동안 새벽 2시경 안나리사와 함께 화장실 문을 닫고 있었다.

남편 이야기를 했다.

이윽고 아토의 방에서는 쟈다와 함께 문을 닫고 있었다.

남편 이야기를 했다.

안나레나가 들어왔고, 놀란이 들어왔다.

남편 이야기를 했다.

새벽 5시에 사람들이 한꺼번에 가 버리고 나서 잔피에트로와 무엇을 했던가?

남편 이야기를 했다.

1년 내내 남편 이야기만 했다.

사랑은 정말 심술궂다.

사랑에 빠지면 오직 한 사람하고만 온갖 이야기를 한다.

위기를 맞으면, 온갖 사람들과 단 한 사람에 대해서만 이야기한다.

이제는 대화를 할 수 없는 유일한 사람.

하루하루 지나면서 남편은 이제 사람이 아니라 하나의 작은 점이 되고 말았다. 홀로그램 영상이 되고 말았다.

안나리사와 쟈다는 가장 친한 친구들이다. 어제 사람들이 너무 많이 와서 엉망이 된 부엌을 정리하면서 그렇게 생각했다. 걸레가 밟힌다.

키가 크고 깡마른 안나레나는 내가 칼럼을 썼던 잡지에 글을 쓴다. 우리가 동창처럼 가깝게 지낸 지 8년이 되었다. 사실 우리는 아직도 한 책상을 나눠 쓰는 짝꿍처럼 아무도 안 보는 틈을 타서 현실이라는 그 미친놈 때문에 너무 힘들지는 않은지 묻느라 쪽지를 주고받는다. 불행히도 1년 반 전부터는 주로 내 결혼생활에 대한 이야기만 하고 있다.

놀란은 내 결혼식 때 증인을 섰다.

아무튼 현재 놀란이나 안나레나에게 내 남편의 자리는 그리 크지 않다.

늘 소중했던 사람이었는데. 이제는 그들과 함께 이야기할 때,

'그가' 하고 칭하는 대상이 남편이라고 할 수가 없을 정도로 아주 소원한 사이가 되고 말았다.

T박사도 내 사정을 잘 알고, 내가 이 상황을 감당할 수 있도록 도와준다. 하지만 바로 그렇기 때문에 나의 무의식을 신뢰하는 입장에서 자칫 남편을 판단할 위험이 있지 않을까?

어쩌면 모르는 사람에게 모든 것을 털어놓는 것이 좋지 않을까?

나도 모르고 남편도 모르는 사람에게?

우리와 상관없는 사람이 우리 이야기를 들으면 무슨 말을 해줄까?

오늘은 이렇게 10분을 채울 수 있을까?

그렇겠다.

행주에 손을 닦고 컴퓨터를 켠 다음 구글에 '전화상담 서비스'를 검색한다.

채팅이나 페이스북이 있고, 데이트를 주선하는 미티크, 즉각적으로 답을 주는 수많은 사이트들이 있다. 하지만, "제게 문제가 생겼어요." 하고 말하는 사람에게 의무이든 관심이든 똑같이 "무슨 문제입니까?" 하고 대답하는 곳이 있을까?

아직도 그런 곳이 있을까?

있다, 있다.

전화번호를 누른다.

평온한 마음을 주입하는 피아노 소리가 들린다.

피아노 소리에 오히려 마음이 불안해진다.

"전화상담실입니다. 여보세요?"

"안녕하세요. 제 이름은 키아라입니다."

"안녕하세요, 키아라. 저희는 당신의 말에 귀를 기울여요. 제 이름은 바르바라입니다. 말씀해 보세요."

"남편과 저는 열여덟 살 때 만나서 지금은 서른여섯 살이 됐어요."

"그렇군요."

"우리는 너무 사랑했습니다. 그것도 아주 많이. 지금도 서로 사랑합니다."

"아주 운이 좋군요."

"바르바라, 그게 운이 좋은 건지는 모르겠어요. 요즘 같은 때는 아무 것도 모르겠어요."

"왜요? 무슨 일이 있었는지 말씀해 주실 수 있나요?"

"물론이죠. 남편이 10개월 전 더블린에 갔는데, 그때 전화를 하더니 헤어지재요."

"무척 힘들었겠어요."

"한 6개월 정도는 아무 것도 할 수가 없었어요. 머리에 머리카락이 있는지도 모를 정도로. 열쇠가 어디에 있는지도 몰랐고, 입 속에 이가 있는지도 몰랐어요. 9킬로그램이 빠졌어요."

"이젠 조금 나아졌어요?"

"……조금요. 이젠 이가 어디에 있는지 정도는 알아요. 그런 의미에서 나아졌다는 겁니다. 지금은 4킬로그램이 다시 찌기도 했어요. 그래도 어떻게 보면 지금 내가 가고 있는 길이 더욱 힘든 길인 것 같아요."

"그건 왜 그렇죠?"

"지금은 무슨 일이 생긴 건지 이해하고 있으니까요."

"그래서요?"

"지금 일어나고 있는 일이 마음에 안 들어요."

"무슨 일이 생겼는지 좀 더 자세히 말씀해 주실래요?"

"남편이 돌아왔어요."

"돌아오길 원하지 않았어요?"

"아니요. 그가 떠난 내내 오직 그가 돌아오기만을 바랐어요."

"그래요?"

"돌아와 내 곁에 머물러 주기를 바랐어요."

"그런데요?"

"그런데 내 곁에 머물기 위해 돌아온 게 아니에요."

"그럼 왜 돌아왔대요?"

"내 곁에 머물기 위해 온 거죠. 하지만 남편은 그 사실을 몰라요."

"어떻게 그럴 수 있어요?"

“남편은 마음이 복잡해요.”

“그런 짓을 했는데도, 아직도 남편을 원하는 게 확실한가요?”

“바르바라, 왜 그런 걸 물어보나요? 사실은 10개월 전 헤어질 때보다 더 근사하게 헤어질 방법을 찾고 있다고 은근히 말하고 싶은 건가요? 남편은 변하지 않는다고요?”

“제 말은 단지……”

“미안하지만, 잘 헤어지기는 불가능해요.”

“네?”

“제 말은 그러니까요. 누구에게도 그런 일은 불가능하다는 겁니다. 아무튼 우리 둘은 그러기 어려워요.”

“당연하죠. 그렇게 오랫동안 함께 있었는데…… 이해해요, 키아라 씨.”

“그게 아니라요. 문제는 함께 보낸 세월이 아니에요.”

“왜요?”

“어제 남편을 처음 만났어도 오늘 그가 필요해요. 즉시 그것을 알아챌 수 있었어요. 필요한 사람이에요. 우리는 어렸을 때부터 함께 있었어요, 알겠어요?”

“당신은 특별해요, 키아라 씨.”

“그렇지 않아요. 저는 아주 평범한 사람이에요. 하지만 감동을 받았을 때 조금이라도 특별하다고 느끼는 순간이 있었는데, 그게 다 남편 덕택이었어요. 정말 환상적일 때도 있었어요. 집에……

그렇게 특별한 순간이 되면 마침내 우리는 마음이 편해질 수 있어요. 제 말이 무슨 말인지 아시겠어요?"

"알겠어요."

"한 사람이 그렇게 감동을 준다면, 그 사람 없이 사는 건 힘들어요. 그 사람을 잃고 나서 자신의 전부를 잃을까 두렵지요."

"그렇지 않아요. 당신은 당신이에요. 남편이 있든 없든."

"음."

"직업이 있어요?"

"네. 작가예요. 몇 달 전까지만 해도 잡지에 칼럼을 기고했었어요. 그런데 해고당했어요. 내 자리는 타냐 멜로디아의 「마음의 편지」가 차지했어요."

"「그란데 프라텔로」 우승자 말이에요?"

"네."

"멋진 분이지요. 그 쇼에서 세 번이나 우승했잖아요."

"두 번은 동시에 했었죠."

"보통 남자들이 하는 일인데. 타냐 멜로디아는 우리 여자들의 복수를 해 줬어요."

"그래요."

"……"

"……"

"기분이 좀 나아졌어요?"

“물론입니다. 고마워요, 바르바라 씨.”

“잘 됐네요. 언제든 전화해요. 전화 상담실은 24시간 열려 있어요.”

“고마워요.”

“새해 복 많이 받아요.”

“바르바라 씨도 새해 복 많이 받아요.”

“꼭 기억하세요. 남편이 옆에 있든 없든 당신은 당신이란 걸.”

전화를 끊었다.

통화시간은 12분이었다.

참 이상하다.

이방인이 남편과 내 이야기를 듣고 상담해 주면, 그의 이야기가 새롭게 들릴 줄 알았다.

하지만 이방인에게 우리의 이야기를 하려고 애쓰는 내 목소리가 더 새롭게 들렸다.

우리는 누구지?

서로 너무 사랑했던 두 사람. 어쩌면 너무 많이 사랑했으리라.

아직도 사랑하는 두 사람.

두 사람은 다시 옛날로 돌아갈 수도 있을 것이다.

어쩌면 더 잘 헤어지기 위한 기회를 찾을 수도 있을 것이다.

하지만 그건 있을 수 없는 일이다.

누구도 그 순간에 도달할 수 없듯이, 두 사람도 할 수 없을 것이다.

위험을 무릅쓰고 우리가 조금 특별하다고 느끼는 그 순간.

환상적일 때도 있는 그 순간.

하물며 집에서.

메이저 아르카나

신비주의와 마술에 대해 늘 반감을 가지고 있었다.

모든 것을 초월하고 예견하는, 인간보다 더 위대한 존재가 있다는 것을 의심하지 않는다. 오히려 그런 존재가 있으리라 확신한다.

하지만 바로 그렇기 때문에 사람들은 그 존재를 방해하지 않고, 설명을 요구하지 말고, 있는 자리에 고이 두어야 한다.

그것이 관대하기를 바라고, 우리가 그랬듯, 그것도 우리를 존중하길 바라며.

20년 전 어머니가 점치는 여자 때문에 아버지와 자신을 떠난 뒤부터 남편은 누구든 초자연적인 현상을 보거나 미래를 예언하는 사람만 보면 알레르기 반응을 보였다.

남편 때문에 나도 점차 점치는 게 싫어졌다.

사실 잔피에트로가 크리스마스 선물로 타로 카드를 선물해 준 것도 그 사실과 무관하지 않다.

너도 도망쳐. 점쟁이 때문이든 혹은 당신이 좋아하는 사람이랑 같이 가든(나는 하비에르 바이뎀에게 푹 빠져 있지)……, 어쨌든 도망쳐. 크리스마스 카드에는 그렇게 적혀 있었다.

잔피에트로가 고른 타로 카드는 특이했다. 오스트리아 출신 화가가 1986년 직접 그림을 그린 것이었다. 소위 에클렉틱 타로 카드(Eclectic Tarot)라고 불리는 시리즈였다.

카드를 받고도 자세히 살펴볼 겨를이 없던 참이었다. 오늘 아침 아토와 잔피에트로가 늦잠을 자는 바람에 집안이 조용했고, 나는 10분 동안 처음으로 해 보는 새로운 일을 해야 했다.

그래서 카드 상자를 열어서 카드를 살펴보았다.

모두 일흔여덟 장이다. 설명서를 읽어 보니 카드들은 메이저 아르카나와 마이너 아르카나로 나뉜다. 메이저 아르카나는 스물두 장이며 '인생과 자신을 알기 위한 긴 여정으로 간주될 수 있다.' 마이너 아르카나는 쉰여섯 장이며, 평범한 카드처럼 네 묶음으로 나뉜다.

먼저 어떤 카드로 시작할지 선택해야 한다. 메이저 아르카나 카드의 그림이 너무 생생하고 매혹적이라 고르기가 쉽지 않다.

마술사, 여교황. 여제, 황제, 별, 달, 태양. 운명의 수레바퀴, 교수형 당한 죄인. 부엌 식탁 위에 화려한 식탁보를 펼쳐 놓듯 상징과 약속과 경고의 세계가 펼쳐지고, 나는 그것을 머릿속에 새긴다.

카드를 한 장씩 들고 설명을 읽은 다음, 다시 요약하여 공책에 적었다.

모든 카드를 다 읽고 나니, 아토가 부엌으로 들어온다. "아줌마, 타로점 치세요?" 아토가 묻는다. 내가 정말 점쟁이라도 될 수 있는 양 목소리가 진지하다. 한번 해 보면 알겠지.

나는 미소를 지었다. "그야 모르지. 질문을 하고 카드 한 장을 골라 봐." 카드 뭉치를 내밀었다.

아토는 선뜻 카드를 선택하지 못하고 긴 다리를 흔들거린다. 겁먹은 거야?

"좀 두려운데요."

"그냥 재미로 하는 거야." 아토에게 설명해 주었다. "타로 카드가 어떤 건지 설명서를 읽는 동안에도 하나도 무서운 거 없었어."

"해리 포터가 그랬어요. 마법은 위험하다고. 마법을 우습게 생각할수록 마법에 당한다고 했어요. 우리 반 친구도 그래요. 장난한번 쳤는데, 주먹을 날린단 말이에요. 어떤 것들은 건드리지 않는 편이 나아요."

나와 똑같은 생각을 하고 있었다.

항상 생각했던 것을 잠시나마 생각하지 않는 것, 이것도 10분 게임에 해당된다.

그래서 내가 해 본다.

큰 소리로 이렇게 물어보았다. "모래지옥처럼 위험해진 인생에서 빠져나오려면 어떻게 해야 하나요?"

메이저 아르카나 카드를 섞은 다음 하나를 선택했다.

바보 카드였다.

노트에 기록해 둔 것을 읽어 보았다. '바보는 변화를 받아들여 몸을 맡기라고 충고한다'.

나도 등줄기를 타고 오르는 두려움을 느꼈다.

다행히도 전화벨이 울려서 내가 선택한 카드의 의미에 집착하지 않았다.

쉼터에서 아토를 담당하는 카프미네 피사카네 박사님이다. 카리스마가 있는 사람인데, 꿈꾸는 듯 딴 생각을 하는 표정과 부드러운 태도로 매일 해야 하는 힘든 일을 처리하고 있다.

"안녕하세요, 피사카네 박사님."

"안녕하세요, 키아라 씨."

"새해 복 많이 받으세요."

"복 많이 받으세요. 아토는 잘 있어요. 바꿔드릴까요?"

"아닙니다. 당신과 이야기를 나누고 싶어서요." 피사카네 박사의 목소리가 이런 적은 한 번도 없었는데. 어떤 목소리인지 정확히 말로 표현할 수는 없다. 아무튼 난생처음 듣는 어조였다.

“별일 없죠?”

“별일은 없어요. 걱정하지 마세요.”

“무슨 일 있어요?” 다소 늦은 감이 있지만 내가 묻는다.

“심각한 일은 아니에요. 정말이요. 만나서 드릴 말씀이 있어요. 1월 2일 11시 무렵 어때요? 시간 있어요?”

“……네, 시간 있어요.”

“키아라 씨, 걱정 마세요. 진짜 별일 아니에요. 단지 아토의 미래에 대해 상의할 일이 있어서요.”

그것뿐인가? 아토의 미래에 대해서만 상의하면 되는 건가?

나는 애써 태연한 척한다. 아토가 우뚝 서서 나를 보고 있기 때문이다.

“좋아요. 그럼 2일에 만나요.”

“새해 복 많이 받으세요, 키아라 씨.”

“복 많이 받으세요, 피사카네 씨.”

전화를 끊었다. 아토는 문자 그대로 내 입술만 빤히 쳐다본다.

“무슨 일이에요?” 초조한 표정으로 묻는다. “나한테 화 나셨어요? 내가 무슨 잘못이라도 했어요? 당장 쉼터로 돌아가야 해요? 휴일이 끝날 때까지 여기 있으면 안 돼요?”

“물론 여기 있어도 돼. 그냥 새해 인사하러 전화하신 거야.”

“아.”

“정말이야.”

아토는 미심쩍은 표정이다.

나는 다시 카드 뭉치를 내밀었다. "내 말을 못 믿겠으면, 카드 한 장을 뽑아봐. 피사카네 박사님이 무슨 일로 전화했는지 타로 카드에게 물어봐. 얼른."

아토가 웃었다.

나도 웃었다.

잔피에트로도 잠을 깼다. 내 손에 들린 선물을 보고 기뻐하면서 카드 한 장을 선택한다. 점괘가 마음이 들지 않았는지, 또 다른 카드를 꺼낸다. 피사카네 박사님의 전화에 걱정하던 아토가 금세 마음이 풀어진다.

하지만 나는 하루 종일 그 생각만 했다.

피사카네 박사가 무슨 말이든 하겠지. 무슨 일이든 일어나겠지. 변화를 받아들여라. 나는 점괘를 다시 생각했다.

몸을 맡겨라.

변화를 받아들여라.

새해 소망

잔피에트로는 새로 만난 애인의 집에서 신정을 보낼 것이다. 작년 여름 포르멘테라에 함께 갔던 남자가 아니라 다른 남자일 것이다. 내가 추측하기론 그렇다. 어젯밤 잠자기 전 풀이해 순 타로카드 점괘도 그렇게 나왔다. 잔피에트로가 차례로 선택한 태양, 운명의 수레바퀴, 세계 카드를 보고 나는 그렇게 추측했다. 무엇보다 잔피에트로의 눈빛이 그렇게 말하고 있었다. 이름을 말할 때도 평소와 다르게 여자이름으로 말하지 않고, 미하일이라고 말했다. "엔지니어이고, 러시아 남자야." 딱 잘라 그렇게 말했다. 그걸로 충분했다. 러시아 여자라 하지 않고 러시아 남자라고 했다. 엔지니어라고 말할 때도 성별을 여성으로 말하지 않았다. 마침내 평소와 다른 뭔가가 있었다. 마침내 무엇인가 있다.

게다가 오늘 잔피에트로는 미하일을 만나러 피렌체에 간다. 미하일의 할아버지가 피렌체로 이사했다고 했다. 잔피에트로는 피렌체에서 연말을 보낼 계획이다. 미하일의 조부모님과 함께.

나는 기차역까지 그를 배웅해 준다. 기차가 멀어지자 아토의 표정이 주말을 보내고 일어난 월요일 아침처럼 울상이 된다.

나도 오늘 아침 잠을 깼을 때 유난히 기분이 안 좋았다. 잔피에트로가 오늘 떠나고, 피사카네 박사의 이상한 전화를 받은 것도 있지만, 마지막으로 남편의 노란 눈과 눈을 마주치고, 남편의 부드러운 목소리를 듣고, 늘 익숙한 재킷과 자동차의 냄새를 맡은 지 일주일이나 지났기 때문이다.

오늘은 일주일하고 하루가 지났다.

요컨대 시간은 흐른다. 그러나 그의 시간은 흐르지 않는다.

내게 전화를 해서 이런 말을 한 적도 없었다.

내가 생각해 봤어.

우리 옛날로 돌아가자. 정말로, 영원히.

하지만 나라도 전화해서 그렇게 말할 수는 없었다.

우리 옛날로 돌아가자. 정말로, 영원히.

"저 크리스마스트리 좀 봐요, 아줌마. 우리가 만든 것만큼 멋져요." 해마다 테르미니역 앞에 높이 솟아 있는 거대한 크리스마스트리를 가리키며 아토가 말한다.

며칠 전에는 피에라 이모가 오는 것에 너무 신경을 쓰느라 그게 있는 줄도 몰랐던 모양이다.

가까이 다가가 보았다. 물론 우리가 만든 것보다 훨씬 크다. 키가 우뚝 솟은 진짜 전나무다. 가지마다 소망을 담은 메모지가 걸려 있었다. 메모지 두 장을 우선 읽어 보았다. 신년을 맞이하여 이곳을 지나가던 사람이 소망을 적어 걸어 놓았다.

오늘 어떤 것이라도 좋으니 희망을 가지고 싶기에 아토에게 말했다. "잠깐만 기다려 줄래?"

당연히 몇 분을 기다려 달라고 말하지 않아도 된다.

나는 큰 소리로 메모지를 읽었다.

올해 로마가 선수권을 차지하게 해 주길. 아니면 결승까지라도 가길. 아니면 프란체스코가 기록이라도 깨면 좋겠다.

새해에는 부자들로 하여금 가난하고 생활이 어려운 사람들이 있는 나라에서 부자로 사는 게 좋은 것이 아님을 깨닫게 하소서.

수학선생님께 애인을 주세요. 그럼 히스테리 안 부릴 거예요.

루카의 마음이 안 변하게 해 주세요.

나의 인생을 바꿔 주세요.

시험 잘 보게 해 주세요.

돈 많이 벌어 세계 일주 하고 싶다.

정치인들이 모두 죽으면 좋겠다.

날개가 달리면 좋겠다.

올해엔 성생활이 왕성하기를.

하룻밤 만에 전 재산을 날렸다. 제발 다시 찾고 싶어요.

벨라, 2013.

여자 친구가 필요해요. 소개시켜 주실 분, 3663135794로 연락 주세요.

기저귀 놀이 인형.

안토넬로 삼촌이 쾌유하기를.

That my family in Vietnam is always happy.

멋진 음악인이 되기를(개똥같은 래퍼들과는 그만 어울려라).

치우치지 말자.

마누엘이 사브리나 좀 그만 괴롭히기를.

월세방마다 쫓겨나고, 취업이 안 된지 십 년이 지났고, 빈털터리 신세가 되었다. 제발 길거리에서 죽지는 말기를.

야메테 야메테.

마이클 잭슨이 돌아왔으면.

아토가 10분이 지났다는 신호를 보냈다.

"새해 소망이 뭐니?" 아토에게 물어본다.

"가족을 만나고 싶어요." 아토는 생각해 볼 필요도 없이 대답했다. "아줌마는요?"

“나도 그래.”

아토는 눈을 휘둥그레 떴다. 호탕하게 웃으려고 그러는지 아니면 울고 싶어서 그러는지 모르겠다. “아줌마는 가족이 있잖아요. 엄마도 있고, 아빠도 있고. 동생도 있고.” 내가 멍청한 바보라고 말하는 게 아니라, 자신의 처지와 비교해서 하는 말이다. 마치 이렇게 말하는 듯하다. 아줌마는 가족이 있잖아요. 다행인 줄 아세요.

검은 카펫 같은 두 눈에 눈물이 그렁그렁 맺힌다.

아토를 꼭 안아 준다. 애정 표현에 당황하는 아토를 보니 나도 마음이 혼란스럽다. 그래서 아토의 귀에 이렇게 속삭인다. “너도 가족이 있어. 피사카네 박사님과 쉼터가 있잖아. 나도 있고. 피에라 이모도 있고.”

우리 둘 다 그건 가족이 아니라고 생각했다.

하지만 아무도 말로 하지는 않았다.

그래서 다행이다.

이케아에서

쟈다는 비카렐로에서 태어나 자랐다. 우리 집과는 엎어지면 코 닿을 거리다. 우리는 유치원, 초등학교, 중학교, 고등학교까지 같은 반이었다. 고등학교 다닐 때부터는 로마에 올라갔다가 내려오기도 했다.

쟈다는 로마 외곽 빈민가에 위치한 초등학교의 복지교사다. 내가 만든 노아의 방주에서 진심으로 믿는 소수의 몇 사람을 빼고 가장 마음이 포근하다.

또 다른 사람은 안나리사이다. 연극배우인데, 1년 전 책 소개 행사 때 만났다. 나는 책을 소개해야 했고, 안나리사는 몇 소절을 읽어야 했다. 행사 이틀 전 남편이 더블린에서 전화로 이별을 통보한 터였다. 그때 나는 세상사람 모두가 거인 같아서 이길 수 없는 적으로 보였지만, 안나리사는 아니었다. 평펑 울었거나 토악질을 했거나 혹은 두 가지를 동시에 하고 눈이 벌겋게 충혈된 나를 서점 화장실에서 보자마자 안나리사는 "괜찮아요?" 하고 물었다. 그걸로 안나리사가 친구라는 것을 충분히 알 수 있었다. 되는 일이 없는 사람을 마주 보며 서슴없이 괜찮은지 물어보는 사람. 상대가 무슨 대답을 하든 책임지기를 두려워하지 않는다.

길고 길었던 지난 1년 동안 쟈다와 안나리사가 없었다면 나는 지금까지 버티기 힘들었을 것이다.

괜한 말이 아니다. 남편이 떠나고 홀로 로마에서 지낼 때 처음 몇 주 동안 먹고 자는 일과 같은 기본적인 일조차 하고 싶은 생각이 없었다.

쟈다와 안나리사는 내게는 없는 끈기와, 지속적인 관심과, 이치에 맞는 말로 내가 제때 먹고 자도록 채근했다. 필요한 경우에는 거짓말도 했지만.

"뭣 좀 먹어."

"이젠 자야지."

"네 남편은 아직 너를 사랑해."

"음식 좀 만들어 줄게."

"네 남편이 너를 사랑하는 게 틀림없어."

"여기서 자야겠다."

아직 남편이 떠난 상처가 다 아물지 않았다. 그래도 어서 회복해야 한다고 서두르는 것은 이 놀라운 여자들 덕분이다. 쟈다와 안나리사가 날마다 나를 이해하고, 애정을 주고, 용기를 주기 때문이다.

오늘 아침에는 이런 문자를 보냈다. "10분 게임을 위해 이케아를 둘러볼까 해. 나랑 같이 갈래?"

두 사람 모두에게 그렇게 문자를 보냈다.

둘은 몇 시간 만에 함께 가겠다고 답장을 보내 왔다.

쟈다가 차를 운전했다. 진정 여행다운 여행이 될 것이다. 이케아는 우리 동네 반대쪽에 위치한 아나니나에 있다.

"정말 한 번도 가 본 적이 없어?" 안나리사가 묻는다.

"응."

"네 남편도 남들처럼 그랬겠지." 쟈다가 말한다.

"아니면 내 전남편이 했던 그런 말을 했던가. 전남편이 그러는데, 이케아에 가면 행복한 부부들도 꼭 싸움을 한대. 남자는 죄의식을 느낄 때나 부인과 그런 곳에 간다는 거야. 여자들이여, 남편과 그곳에 가면 남편이 못나 보여도 슬퍼하지 말지어다. 남편을 그렇게 만든 사람은 바로 당신들이므로."

"솔직히 말해 그렇지 않아. 우리 부부는 내가 싫다고 했어."

내가 거절했다. 항상 나였다.

"이 집을 뭐하려고 꾸미는데?" 남편이 이케아에 가자고 했을 때

나는 대뜸 그렇게 말했다. "비카렐로 집 재건축이 끝나면 돌아갈 거잖아. 당분간 옷이랑 수건, 침대보는 옷장에 넣어 두면 되지."

"그래도 DVD하고 CD를 사면 수납할 선반 몇 개는 있어야지."

"그거야 상자에 넣어 두었다가 필요할 때 꺼내면 되잖아. 나도 책이랑 수집하고 있는 찻잔을 상자에 보관할 거야."

급기야 남편이 떠나고 말았다.

이제 남편의 DVD와 CD 상자는 지금 그가 방을 빌려 살고 있는 친구 집에 있다.

"이 노래 들어 본 적 있어? 제목이 「이케아 사랑」이야." 안나리사가 노래를 흥얼거리며 말한다. "스타토 소치알레가 불러. 완전무결한 것은 썰물이라네. 망가지면 모두 다시 고치지. 완전무결한 이케아 사랑."

쟈다가 따라 부른다. "개발주의는 만병통치약, 연꽃처럼 활짝 피는 만트라, 개발주의는 이케아 사랑. 내 상자는 당신을 안다네, 내 상자는 당신을 안다네……."

모르는 노래였다.

그렇지 않다. 오히려 내 상자는 남편을 모른다.

아토가 내 집에 처음 와서 손님용 화장실에 차곡차곡 쌓인 상자들이 다 무엇인지 물었을 때야 비로소 나는 그것들을 열어 보기로 마음먹었다. 그제야 상자를 열고 책과 찻잔을 꺼냈으며, 당분간 남편이 옷을 두었던 옷장에 넣어 두었다.

내 상자는 아토를 알고 있다.

아토가 왔으니 아토를 위한 공간이 필요한 것을 안다.

"쉼터 책임자가 전화를 했어. 아토의 장래에 대해 나와 상의하고 싶대."

"아토가 주말마다 네 집에 간 다음부터 상황이 어떻게 진행 중인지 검토하려 그랬겠지. 걱정하지 마." 쟈다가 말했다. "나도 돌보는 학생의 부모님을 한 달에 한 번 만나."

"완전무결한 것은 썰물……." 안나리사는 계속 노래를 흥얼거린다.

이케아에 대해 해야 할 말은 이미 많은 사람들이 했다.

이미 많은 글이 나와 있다.

심지어는 노래까지 나왔다.

일단 이케아에 도착하면 온통 물건 천지인 그 지옥 같은 곳에서 되도록 빨리 나오려고 10분 동안 시계만 쳐다보고 있을 줄 알았다. 물건을 보느라 정신을 파는 일은 없으리라 확신했다.

쇼핑센터나 대형 마트에 가면 늘 문제가 생겼다. 인간을 위해 인간이 만들었으나 비인간적이고 과대망상에 빠진 것 같은 곳이 견디기 힘들었다. 지난 1년 동안 너무 큰 상처로 극장에 가는 일도 힘겨웠다. 모르는 사람이 다섯 명만 보여도 한 무리의 사람들이 모여 있는 듯했다.

하지만 그날은 예외였다. 옆의 쟈다와 노래를 부르는 안나리사 덕분일 것이다. 그리고 그날은 크리스마스 이후 처음 맞는 토요일인지라 폭풍전야처럼 고요하고 한산했다. 막상 이 전설적이고, 경이롭고, 위험한 이케아에 오고 보니 마치 몸이 둥둥 떠 있는 듯이 달콤했다.

협탁에 놓을 흰색과 파란색이 들어간 단순한 전등갓을 샀다(집에는 남편과 내가 썼던 전등갓이 두 개 있었다. 우리가 좋아했던 만화영화 캐릭터인 릴로와 스티치 모양이었다. 그런데 남편은 더블린으로 떠났다. 남편이 전화한 당일 릴로 갓과 스티치 갓을 모두 쓰레기통에 던져버렸다).

팬케이크 만들 때 쓸 고무 냄비 손잡이 네 개를 샀다.

상추와 고추에 물을 줄 때 쓸 작은 노란색 분무기도 한 개 샀다.

책을 꽂기 위해 밝은 색 원목 선반을 다섯 개 샀다.

두 칸은 수집하고 있는 찻잔을 놓을 생각이다.

쟈다는 디저트용 접시 세트를 샀다.

안나리사는 초록색 인광 발판을 샀다.

계산대에서 시계를 보았다. 무려 42분이나 이케아에 있었다니!

친구들에게 그 사실을 알리려는 순간 누군가 내 어깨를 잡았다.

쟈다는 내 앞에 있으니 쟈다가 아니다. 안나리사는 내 옆에 있으니 안나리사도 아니다.

뒤를 돌아보았다. 초록색 눈이 길쭉한 여자였다. 피부가 도자기처럼 매끄러운 작은 얼굴에 금발머리 단발이었고, 마르고 유연한 몸에 밍크코트를 걸쳤다.

타냐 멜로디아였다. 「마음의 편지」 사진을 기억하고 얼른 알아보았다.

내가 쓰던 칼럼을 없애고 만든 자리를 차지한 여자다.

"키아라 씨! 이럴 수가! 정말 당신인가요?" 타냐 멜로디아가 고함을 치더니 나를 와락 껴안는다. 그리고 옆에서 카트를 밀던 남자의 옷자락을 세게 잡아당기며 말한다. "밥, 누군지 알겠어? 키아라 씨야!" 그러더니 계산대 옆 문구매장에서 물건을 보느라 뒤돌아선 남자를 부른다. "페데리코! 이리 와! 여기 키아라 씨가 있어!"

타냐 멜로디아는 다시 내 얼굴을 본다. "당신이 칼럼을 쓰던 공간에 내가 글을 쓰게 되어 정말 영광이에요. 당신이 쓴 책을 모두 읽었어요. 당신과 나는 공통점이 아주 많아요. 편집장이 저보고 당신이 쓰던 자리를 맡으라고 하셨을 때 그렇게 말씀 드렸죠. 아, 저 사람들이 이제야 오네. 키아라 씨, 여기는 밥, 여기는 페데리코예요. 이분이 키아라 씨야!" 타냐 멜로디아는 기뻐서 어쩔 줄을 몰라한다.

밥이란 사내는 개인트레이너나 그 비슷한 일을 하는 모양이다. 키가 크고 어깨가 떡 벌어졌으며 풍선만한 이두박근이 검은 색

시스루 셔츠 밖으로 불룩 튀어나왔다.

눈빛이 초롱초롱한 페데리코는 금발의 긴 머리카락이 예수그리스도처럼 보였는데, 모직 판초를 걸치고 입술과 코에 피어싱을 했다.

두 남자는 다정하게 손을 내민다. 말없는 두 남자를 대신해서 타냐 멜로디아가 말한다. "우리는 서둘러 침대 매장으로 가야 해요. 파파라치를 따돌려야 해서…… 언젠가 우리를 편하게 해 줄 때가 있겠죠? 밥, 미안해. 페데리코, 미안해. 저쪽으로 좀 가 있어 줄래? 우리끼리 할 얘기가 있어서." 밥과 페데리코는 고분고분하게 그곳을 떠난다. 타냐는 내 손을 꼭 잡고 귓속말을 한다. "둘 중 한 사람만 선택할 수가 없었어요. 「그란데 프라텔로」가 끝난 다음 선택해 보려고 했었지만, 못 했어요. 어쩔 수가 없었어요. 둘 다 필요해요. 그래서 셋이 함께 살기로 했어요. 침대를 고르려고 여기 왔어요. 알다시피 적당한 침대를 찾기가 쉽지 않네요. 키아라, 부탁인데, 나를 괴물 보듯 쳐다보지는 말아요. 두 남자도 괜찮다고 했으니, 뭐가 문제죠? 어쨌든 인생을 살아야 할 거 아니에요, 인생을…… 올바른 것만 따르라는 법도 없잖아요. 한 남자만 사랑할 수 없는데 어떻게 해요? 차라리 죽을까요? 당신이 쓰던 칼럼의 소제목이 '가족이 있는 곳이 가정이다'였죠? 내 인생의 모토가 되었어요. 키아라 씨, 키아라 씨, 키아라 씨. 내가 당신 대신 글을 쓴다고 했을 때 나를 미워하지 않았으면 했어요." 타냐는 나를 한 번 더 안는다. "더구나 당신은 가진 게 많잖아요. 당신은 소설이 있잖아요. 똑똑하고 감수성도 예민하고. 나처럼 불행한 여자가 리얼리티 쇼의 인기라도 없으면, 무슨 희망으로 살겠어요?" 타냐는 웃으며 나를 안았다. "우리 전화번호 주고받을까요? 우리가 아주 친한 친구가 되기를 정말 소망했어요. 오늘부터 나를 친구라고 생각해 줄 수 있어요? 필요한 게 있으면, 언제라도 전화해 줄래요?" 타냐는 또 웃으며 나를 안았다.

"망가지면 모두 다시 고치지." 안나리사가 내 귀에 대고 노래를 불렀다. "완전무결한 이케아 사랑."

그동안 쟈다는 페데리코를 뚫어져라 쳐다보았다. 그녀의 이상형과 완벽히 일치하는 남자였다.

그러나 불행히도 페데리코는 눈길 한번 주지 않았다. 오로지 타냐 멜로디아만 쳐다보았다.

내 친구 타냐 멜로디아만.

금기를 깨고 키스하기

아토가 도와준 덕에 이케아에서 산 선반을 거실에 설치했다.

책을 꽂은 다음, 찻잔 세트를 정리했다.

아토에게 타냐를 만난 이야기를 했다.

"용기가 없어서 물어보지 못했는데, 아줌마는 왜 타냐를 미워해요?" 아토가 속내를 털어놓는다. "쉼터에서 매주 월요일 「그란데 프라텔로」를 봐요. 타냐는 정말 멋진 사람이에요. 밥과 페데리코도 꽤 괜찮죠. 밥은 꽃미남. 페데리코는 똑똑해요."

정확히 말하자면 타냐 멜로디아는 우승한 두 사람을 다 원했다. 타냐 멜로디아가 어제 이렇게 말했다.

"인생을 살아야 할 거 아니에요. 올바른 것만 따르라는 법은 없잖아요. 한 남자만을 사랑할 수 없는데 어떻게 해요? 그냥 죽을까요?"

그 말이 무슨 의미인지 모르겠다.

두 남자를 사랑한다는 말인가?

18년 동안 함께 하면서 남편과 멀어질 때마다 사귀었던 남자들 중에서 그 남자를 찾았다.

스테파노 라우로.

그렇지만 그건 다른 이야기이다.

완전히 다르다.

남편과 내가 대학교 신입생이었을 때다. 그는 법학을 전공했고 나는 문학을 전공했다.

우리가 만나고 사랑을 나누었던 고등학교를 벗어나자 우리는 길을 잃은 듯 방황했다. 로마의 이 집에서처럼 말이다.

그러나 우리는 다시 만났다.

다섯 달 동안 떨어져 지냈지만, 다시 만났다.

바로 그 다섯 달 동안 만난 남자가 스테파노다.

함께 수업을 듣던 친구였다.

스테파노는 내성적이고 말이 없는 친절한 친구였다. 잘난 체가 불치병 수준이고 말이 많으며 무례한 남편과는 정반대의 성격이었다.

스테파노와 함께 교정을 거닐었으며 밤마다 전화기를 붙잡고 쓸데없이 날밤을 새기도 했다.

하지만 따지고 보면, 별다른 이야기를 한 건 아니었다. 남편이 될 남자와의 위태로운 연애, 혼자 힘들었던 일, 비교문학 등 시시껄렁한 이야기를 늘어놓았다.

스테파노는 내 이야기를 들어 주었다.

스테파노를 만나기 전이나 그와 이별한 뒤에도 그토록 조심스럽고 섬세한 남자는 만나 보지 못했다.

다른 사람의 이야기를 듣고 있어도 말을 하는 것 같았다. 그랬다. 스테파노는 이야기를 할 때, 저속한 이야기를 하면서 위험을 자초하는 일은 절대 하지 않았다. 이야기를 들려 주는 상대도 그런 소리를 못하게 하는 재주가 있었다.

다섯 달 동안 만나면서 왜 키스도 못 했을까……. 가끔 그것이 궁금했다. 지금도 궁금하다.

이성은 우리 몸에 마법을 부려 행동에 제약을 가한다. 나는 그 마법이 두렵다. 그 이성이라는 마법 때문에 결국 우리는 마음 속 깊은 곳에서 충분히 공감할 수 없는 사람에게 구속당하고 만다. 그러다 느닷없이 더블린에서 전화로 "이젠 끝났어."라는 이별통보를 받게 될 것이다.

어쩌면 사랑은 깊은 의심에 대한 것이다.

그 어떤 금기에 다가가는 것이다.

적어도 나 같은 사람에게는 말이다. 타냐 멜로디아 같은 사람은 확고하고 뚜렷하게 즐거움을 추구하므로 그런 것과는 연관이 없을 것이다. 그녀처럼 '좋은 것은 모두' 갖는 사람은 말이다.

타냐 멜로디아는 「그란데 프라텔로」의 집에서 최고 미남과 가장 똑똑한 남자를 갖는다.

타냐 멜로디아는 행복이 두렵지 않다. 자유롭기 위해 금기를 거스르려고 애써 노력할 필요도 없다.

그러므로 사람에 따라 다르지 않을까?

남편의 노란색 눈동자는 곧 수많은 금기로 반짝였다.

나는 스테파노에게 일말의 의혹도 품은 적이 없었다.

스테파노는 대책 없이 낭만과 열정이 넘쳤다. 큰 소리로 톨스토이를 읽는 것을 좋아했고, 오후 세 시에 홀로 영화 보는 것을 좋아했고, 해가 지자마자 테베레 강을 따라 달리는 것을 좋아했다. 또 동백나무, 제프 버클리, 아탈란타 팀을 좋아했다.

그리고 나를 좋아했다.

하지만 내게 단 한 번도 키스하지 않았다.

우리는 페이스북에서 글을 주고받는다. 그의 생일을 축하해 주면, 그가 내 생일도 축하해 준다. 그것뿐이다.

하지만 오늘은(타냐 멜로디아의 말을 듣고 생각한 것도 있지만) 하루 10분 게임 아이디어가 떠올라 페이스북으로 그에게 말을 건다. 안녕. 오늘 오후에 만날 수 있어?

스테파노가 곧 응답한다. 기꺼이.

우리는 지하철역에서 만났다. 이번 주에도 일요 벼룩시장이 열리고 있었다.

오늘은 중고의류만 취급하는 날이었다.

우리는 정처 없이 판매대를 돌아다녔다.

스테파노는 15년 전과 다를 바 없었다. 옛날처럼 기발한 생각을 퍼뜩 떠올리기도 하고, 친절하게 행동했고, 소심한 미소도 여전했다.

금기로 여기는 것도 없었다.

나는 평소처럼 짜증나게 말꼬리를 빙빙 돌리며 지난 1년간 힘들었던 일을 이야기했다.

스테파노는 단 두 마디 말로 근황을 이야기했다.

"대학 졸업하고 처음 들어간 고등학교에서 라틴어와 그리스어를 가르치고 있어." 그리고 이렇게 덧붙였다. "동료 교사와 사귄지 몇 달 됐어. 프랑스어를 가르쳐."

우리는 아담한 광장의 바에 들어가 앉아서 핫초코를 마셨다.

나는 끊임없이 수다를 늘어놓았다.

스테파노는 계속 듣기만 했다.

우리는 거리를 걸었다. 수예점과 꽃집, 중국인의 집 앞을 지나갔다. 나는 노파, 바이킹 아줌마, 중국인에게 인사를 했다.

"이 동네에 산 지 얼마 되지도 않았는데, 이웃을 많이 사귀었네. 옛날부터 알고 있었는데……." 스테파노가 미소를 지으며 말했다. "너는 사람을 끄는 특별한 재주가 있어."

혹여 특별한 재주가 있을지 모르겠지만, 그 재주는 1년 6개월 전 내 인생 전체와 더불어 지옥에 가 버렸거든. 슈타이너 박사의 실험에 억지로 참여하지 않았다면, 저들은 만날 수도 없었겠지.

그러나 나는 그렇게 말하지 않고, 눈을 감으며 물었다. "스테파노?"

"왜?"

"우리 키스할까?"

내가 조용히 있으니, 그도 말이 없다. 2초가 지났다. 또 몇 초가 지났다. 또 몇 초가 흘렀다.

눈을 떴다. 그를 모르는 사람이라면 표정을 보고 겁먹었다고 생각할 수 있으리라. 그러나 그렇지 않았다. 애석하고 유감스러운 표정을 지을 뿐이었다.

"저기, 키아라……." 스테파노는 내 운동화 끝을 뚫어져라 쳐다보며 난처한 표정으로 말을 더듬었다.

"스테파노……." 나 역시 그의 모카신 구두 끝만 쳐다보며 말을 더듬었다.

"15년 전에는 그렇게 키스하고 싶었는데." 스테파노는 내 눈을 보려고 했지만, 나는 고개를 들지 못했다. 그러자 다시 내 운동화 끝을 보았다. "그때는 키스할 틈을 주지 않더니…… 그래서 어떤 날은 일기장에 '키아라는 키스할 틈을 주지 않는다'라고 쓰기도 했는데."

"왜? 널 좋아했는데. 아주 많이."

"그렇지 않아." 스테파노가 응수했다. 마침내 나와 눈이 마주쳤다. 성실하고, 영리한 갈색 눈동자. 선한 눈동자. "어쩌면 좋아했 겠지. 그땐 널 좋아했어. 하지만 넌 그때 네 남편에게 푹 빠져서 정신이 없었어. 누구라도 들어갈 틈이 없었지. 나뿐 아니라 다른 누가 네 마음을 얻으려고 노력해도 소용이 없었어."

"정말 몰랐어. 네가……." 이럴 수가. 이젠 내가 훨씬 소심한 사람이 되고 말았다.

"키아라, 넌 날 좋아하긴 했어. 나야말로 너한테 푹 빠졌지. 그때 썼던 일기를 보여 줄 수도 있어. 널 만난 날 무슨 말을 썼는지 아직도 기억나. '그녀가 웃는 모습을 보며 남은 인생을 살고 싶다.' 일기장에 그렇게 썼어."

스테파노가 다가온다. 그의 얼굴을 손으로 감싸 안는다. 그가 내 손목을 잡았다. 그리고 부드럽게 손목을 밀어낸다.

"미안해, 키아라. 요즘 소피와 사귀고 있어. 소피한테 푹 빠져 있거든."

"소피?"

"우리 학교 동료."

“그 프랑스인 여직원? 그렇구나. 날 용서해 줘.”

“웃기지? 그렇겠지…….” 다시 내 운동화를 쳐다보았다. “그래도 사랑에 빠지면, 난 도저히…….”

“당연하지. 맞아. 오히려 내가 미안해.”

이제 떠나고 싶었다. 얼른. 얼른 사라지고 싶었다. 웃어 보이려고 했다. 그러나 왈칵 눈물이 나오고 말았다. 억지로 참으려 했지만, 하염없이 눈물이 흘렀다.

스테파노가 손가락으로 눈물을 닦아 주다가 내 입술을 만지작거렸다. 항상 그랬다. 부드럽게 내 입술만 만진다.

“남편에게 모욕을 안겨 줄 심산으로 우리의 첫 키스를 망치고 싶은 거야?”

“그것 때문은 아니었어.” 어쩔 도리가 없었다. 눈물이 그치지 않고 볼을 타고 줄줄 흐르면서 온 얼굴을 적셨다.

“정말?”

“응!” 드디어 웃었다. 그도 웃고 나도 웃었지만, 눈물이 마르지 않는다.

“저기, 스테파노.”

“왜?”

“포옹이라도.”

“뭐?”

“한 번만 안아 줄래?”

스테파노는 팔을 벌리고 이리 오라고 말하더니 나를 꼭 안아 주었다. 백 살 먹은 노파를 안는 듯, 방금 넘어져 무릎이 까진 소녀를 안는 듯, 친절하고 순수한 애인을 거리낌 없이 안는 듯이 안아 주었다. 애인이 될 가능성은 있었지만, 과거의 애인도 미래의 애인도 아닌 여자를 안는 듯이.

나는 속삭이듯 작은 소리로 고맙다고 말했다. "그렇게 있어 줘. 부탁이야. 조금이면 돼. 딱 10분만."

해리 포터

2012년 올해도 거의 끝났다.

올해의 맨 마지막 날이다.

그래서 특별히 아토에게 선물을 해 달라고 했다. 오늘은 10분간 무엇을 할지 나를 위해 정해 달라고 했다.

분명 지난 1년은 내 인생에서 가장 힘든 해였는데, 마지막 날만 남기고 다 지나갔다.

단 10분이라도 타인의 손에 내 인생을 맡기고 보니 오늘은 혼자가 아닌 것 같았다.

혼자이긴 하지만.

혼자이고, 아주 외롭긴 하지만.

막연한 것일망정 올해 마지막 날을 위한 이렇다 할 계획도 세우지 못했다.

아토는 학교에서 하는 밤샘 파티에 갈 것이고, 잔피에트로는 애인과 피렌체에 있을 것이고, 엘리사는 남자친구와 스키를 탈 것이고, 로드리고는 애인과 카포베르데에 있을 것이고, 쟈다는 어린이 파티를 진행하고 있을 테고, 안나리사는 풀리아에 있는 부모님 집에 있다.

이들 중 누구하고 있어도 2012년 마지막 날을 보내는 것이 의미가 있을 텐데, 함께 할 수 있는 사람이 아무도 없었다.

아토가 방문을 열고 고개를 삐죽 내밀었다. 나는 침대에 누워서 촛불을 켜고 있었다.

"결정했어요." 아토는 『해리 포터와 마법사의 돌』을 내밀었다. "시리즈 중 첫 번째 책이에요. 어떻게 이 책을 한 번도 안 읽을 수가 있어요? 10분만 읽으면, 안 읽고는 못 배길 거예요. 다 읽으면 다른 책들도 읽고 싶어져요."

좋아. 멋진 생각이야.

물론 해리 포터에게 반감이 있어서 읽지 않았던 것은 아니다. 오히려 조앤 롤링이 정말 대단하다고 늘 감탄했다. 환상 가득한 이야기를 통해 비참한 생활에서 탈출했고, 자신이 가진 상상력의 힘만으로 지구에서 가장 부유한 여성 중의 한 명이 된 것도 정말 놀랍다.

단순하게 말하자면, 그녀는 덤덤하게 살아가는 대부분의 사람들에게 흥밋거리를 안겨 주고 그들이 계속 상상의 나래를 활짝 펼칠 수 있도록 집요하게 노력한다. 이런 노력은 축복일 수도 있고 저주일 수도 있다. 그리고 거기 탁월한 사람이 있는가 하면 형편없는 사람도 있다.

보통 사람은 할 수 없다. 다른 생각을 하고 있었고, 커피를 마시고 있었고, 자리를 잘 찾았지만 시기를 잘못 선택했거나, 시기를 잘 선택해도 자리를 잘못 찾았기 때문이다.

흔히 일어나는 일이다.

"최근에 나온 내 책 아직 안 읽었어요?" 개인적으로 만날 기회가 있었던 원로 작가 알베르토 아르바시노가 그렇게 묻더니, "좋겠어요!" 하면서 한숨을 쉰 적이 있었다.

사실 인생을 살면서 최고의 것은 아직 우리가 경험하지 않은 재미난 모든 일이기 때문이다. 10분 게임을 하면서 새삼 그걸 배우고 있는 중이다.

모든 사람이 읽었으나, 이런저런 이유 때문에 아직 읽지 못한 책도 최고의 재미를 줄 것이다.

1장
살아남은 아기

책을 읽기 시작한다.

아토가 예측한 대로 2분이 지나고 3쪽을 넘기자 그만 책에 홀딱 빠지고 말았는데, 10분이 지났다는 알람이 울렸다.

기적적으로 탄생한 해리는 끔찍한 이모 부부와 성장한다. 아토가 머리를 짧게 자르고 비슷해 보여 싫다고 했던 그 유명한 더들리가 누군지도 알았다.

드디어 해리 포터와 호그와트 마법학교로 떠났다.

헤르미온느와 론을 만났다.

아토가 또 노크를 해서 점심 먹을 시간이라고 말했다.

오늘은 같이 밥을 먹을 수가 없어서 냉동 피자를 데워 달라고 부탁했다.

나는 책을 읽어야 했다.

연말연시를 해리와 알버스 덤블도어, 무서운 볼드모트, 거인 해그리드와 보내도 나쁘지 않겠다고 생각하는 순간 전화벨이 울렸다.

책에서 눈을 떼지 않고 전화를 받았다.

"여보세요?"

"안녕, 미스터 마구."

덤블도어의 투명 망토가 내 안에 내려온 듯했다. 이젠 아무 느낌도 없었다. 아무 느낌도. 책을 덮었다.

"오늘 저녁에 뭐해?" 우리가 만나지 않은 지 2주일이 지났지만 그는 그런 일이 없었던 양 물었다. 내가 어떤 상황이고, 무엇을 원하는지 확실하게 말한 적이 없는 것처럼 물었다. 그때 떠난 적이 없는 사람처럼 굴었다. 또 시작인가.

"몰라."

"보고 싶어."

"왜?"

"진지하게 말할 때가 된 것 같아서, 마구."

"아직도? 이미 많은 말을 하지 않았어?"

"어쩌면. 그래도 할 말이 더 있어. 이번이 마지막일 거야."

"……."

"아니면 처음일 수도 있겠다."

"……."

"마구?"

"내가 뭘 원하는지 알아?" 말하는 그 순간 그것이 무엇인지 깨달았다.

"뭔데?"

"조용히 함께 있는 거야. 당신과 나. 2013년이 시작하는 첫 10분 동안. 그러면 당신이 원하는 대로 말을 들어 줄게. 하지만 10분간 아무 말도 하지 말아야 해. 둘 다 입 다물고 말이야. 지난 18년 동안 한 번도 그런 적이 없었잖아. 부탁이야."

"……당신이 그렇게 원한다면, 좋아."

"내가 원하는 바야."

"여기 내 집에 와서 저녁 먹을래? 친구가 외출해서, 집에 아무도 없어."

볼드모트의 번개가 내 심장을 후려쳤더라도, 이렇게 마음이 아프지는 않았을 것이다. 내 집이라니! 이제 남편은 친구 집을 자기 집이라고 생각하는 건가? 호그와트여, 우리 심장의 호그와트여, 우리가 갈 길을 안내해 주세요. 덤블도어가 해리와 마법학교의 학생들에게 가르쳐 준 노래가 생각났다. 호그와트여, 내 심장의 호그와트여, 내가 갈 길을 안내해 주세요. 나도 마음속으로 노래를 불러 본다.

남편에게 싫다고 했다. "비카렐로 집 텃밭 앞에서 만나. 자정되기 3분 전에. 그리고 인사하고 나서 조용히 있자."

남편은 당황했다. "좋아…… 당신이 원한다면. 비카렐로 갈 때 내가 데리러 갈게. 같이 가자."

"괜찮아. 가는 동안 얼마나 말을 많이 할지 두려워."

"마구, 괜찮아?"

"응. 아니, 안 괜찮아. 안녕. 이따가 봐."

전화를 끊었다.

화장실에 가서 거울을 보았다.

머리는 감아야 했다. 여자는 아니라도 적어도 사람으로는 보여야 했으니 말이다. 지금은 잠옷 차림에 머리도 부스스해 창백한 유령 같다. 조금 전까지만 해도 호그와트에서 해리 포터와 새해를 맞이할 줄 알았는데, 비카렐로에서 남편과 보내게 생겼다.

"마구, 보고 싶었어. 마구, 사랑해. 도망친 날 용서해. 돌아왔는데도 어정쩡한 태도를 보여서 미안해. 내 집 같은 건 없어. 당신 집만 있지. 우리 두 사람의 집만 있어. 이제야 알게 됐어." 거울을 보면서 나는 목청껏 그렇게 외친다.

남편은 이런 이야기가 하고 싶을 테지?

그래서 날 보자고 한 거야. 그래서 새해를 나와 맞이하고 싶은 거겠지.

"그게 아니면 뭐겠어?" 거울을 보면서 계속 큰 소리로 물었다. 거울 속의 내가 대답했다. "그렇지!" 그리고 또 이렇게 대답한다. "소망의 거울을 조심해."

"소망의 거울을 조심해." 나는 큰 소리로 대답했다.

"소망의 거울은 우리가 마음 속 깊이 정말로 원하는 것을 있는 그대로 보여 준단다. 너는 부모님을 한 번도 본 적이 없는데, 거울 속에서 가족이 함께 있는 모습을 본 거란다." 덤블도어 교장이 해리 포터에게 그렇게 설명해 주었다. "이 거울이 보여 주는 건 지식도 진리도 아니란다. 이 거울 앞에서 사람들은 그들이 본 것에 홀려서 헛되이 시간을 보내지. 때론 거울이 보여 준 것이 현실인지 단지 가상인지 몰라 미쳐 버리기도 해."

조심해. 소망의 거울을 조심해.

비카렐로까지 기차를 타고 가는 동안 이 말이 주문인 양 계속 중얼거렸다.

소망의 거울을 조심하라.

1월 1일, 화요일
일출 7시 38분 — 일몰 16시 49분
상현달 7시 16분

쉿

00시 1분

00시 2분

00시 3분

00시 4분

00시 5분

00시 6분

00시 7분

00시 8분

00시 9분

00시 10분

“새해 복 많이 받아.”

“새해 복 많이 받아, 미스터 마구.”

우리는 비카렐로 텃밭, 양배추와 토마토 가운데 앉았다. 저 멀리 호수에서 불꽃놀이를 하고 있었다.

내가 가까이 가자, 그도 내게 다가왔다.

우리는 키스했다.

1분, 2분, 100분.

계속.

불꽃이 화려하게 밤하늘을 수놓고, 우리 집 개는 마당에서 정신없이 꼬리를 흔들고, 우리 집이 뒤에서 든든하게 우리를 지켜주었다. 추위도 아랑곳 않는 우리 두 사람 위로 밤이 미끄러져 내려왔다. 그렇게 아무 허락도 없이 새벽이 되었다.

우리는 그렇게 있었다.

배를 남편의 등에 찰싹 붙이고 서로 다리를 꼰 채 축축한 땅에 누워 있었다. 우리가 하나가 되었을 때처럼, 낮에 했던 모든 행동과 자세가 헛되다고 느꼈을 때처럼 말이다.

“내게 하고 싶었던 중요한 말이 뭐였어?”

남편이 몸을 돌려서 내 머리와 어깨를 쓰다듬었다. 그리고 내 눈에 키스를 하더니 이렇게 말했다. “마음이 복잡해, 마구. 한편으론 당신에게 돌아가 평생 함께 살고 싶은 마음도 있어. 그런데 우리가 또 서로 이해하지 못해서, 또 다른 여자를 사귄다며 더블린에 가서 전화할지도 모르겠어. 그냥 하루하루 살아가고 싶어. 지금처럼 말이야. 결혼의 규칙이 나랑 안 맞아. 그건 확실해. 앞으로도 안 맞을 거야. 그렇지만 당신은 가장 소중한 사람이야. 아무튼 당신과는 헤어질 수는 없어. 그러니 당신이 나를 있는 그대로 받아들여야 해. 친구 집에서 방 한 칸을 빌려서 살고 있는데, 세상의 모든 여자에게 신경이 쓰여. 인정할 건 인정해야겠어. 그런데 왜 당신은 내가 달라지길 바라는 거야? 당신은 모든 사람에게 달라지라고 요구할 수 있어도 내게는 그럴 수 없어. 남들은 당신을 성인 여자로 볼 수 있고, 당신도 그렇다고 착각하겠지. 하지만 난 당신을 알아. 당신이 누군지 알지. 당신은 긴 갈래머리에 두려움에 떠는 소녀이고, 앞으로도 그럴 거야. 긴 갈래머리에 두려움에 떨고 있는, 멋진 소녀인 것이지. 운전할 줄도 모르고, 자신을 보살필 줄도 모르고, 제대로 식사하는 법도 모르고, 세상이 무서워 늘 발이 걸려 넘어지지. 그래서 이 소녀는 그의 방식대로이긴 해도 자신을 보호해 줄 수 있는 남자가 필요해. 심지어 소녀 자신도 자기 자신에게서 도망치고 있다는 걸 간파하는 남자. 마구, 당신은 내가 필요해. 안 그러면 내가 뉴욕과 더블린에 갔을 때 당신이 그렇게 무너질 이유가 없잖아?"

"당신이 아직도 못 일어서는 이유가 뭘까? 내가 필요해서 그런 거잖아. 그게 바로 이유야. 그러니 진실을 받아들이고, 행복한 결혼을 위해 노력하자느니 하는 말은 그만해. 모든 사람이 최선을

248

다하고, 배신하고, 속고, 만족하며 사는 거 아니겠어? 인생은 너무 짧아. 좀 더 나은 삶을 만들어 갈 시간이 없어. 그렇지 않아?”

말하자면 아들인 셈이죠

쉼터, 〈아이들의 나라〉 교무실에서 책상 너머로 카르미네 피사카네 선생님이 나를 바라보았다.

그리고 창밖을 바라보았다. 아토가 쉼터의 친구들과 축구를 하고 있었다.

"마음이 평온한 것 같아요." 선생님이 미소를 지었다. "아주 멋진 크리스마스를 보냈다고 하더라고요. 너무 멋졌다고요."

피사카네 선생님은 항상 평온해 보인다. 온화하고, 수다스러운 분이다. 새해맞이 밤샘 파티를 한 이야기, 인테르 밀라노 축구팀, 브루스 스프링스틴의 최근 콘서트에 대해 이야기했다.

그러나 나는 긴장했다. 너무 초조했다. 마침내 아토 이야기를 꺼내자 더 이상 참을 수 없어서 "무슨 일이에요?" 하고 물었다.

피사카네 선생님은 계속 미소를 지었다. "아무 것도 아니에요, 키아라 씨. 아무 일도 없어요. 심각한 일이 아니니 걱정 마세요."

"전화를 받고 나서 걱정을 많이 했어요."

"그랬군요. 우리가 나눌 이야기는 있어요. 그건 사실이지만, 이게 좋은 기회가 될 수도 있어요."

"네?"

"당신도 알다시피 쉼터에서는 12년 전부터 아이들을 받아 왔어요. 아이들이 성인이 되면 이민자를 위한 합숙소에 보내거나 일자리를 찾아 주거나 하지요. 아이들이 있을 곳이나 최소한 임대할 곳이라도 알아봐 줍니다."

"그렇군요."

"때로는 아토처럼 예외적인 경우도 있습니다. 아토는 곧 열아홉 살이 될 겁니다. 하지만 아토의 상황을 고려해서 아토가 고등학교 졸업할 때까지 돌봐 주기로 했습니다."

"그렇군요." 피사카네 선생님의 의도가 무엇인지 몰라 "그렇군요."라고만 말했다.

"쉼터에는 규칙이 있습니다."

"그렇지요."

"아닙니다."

"아니라뇨?" 나는 퍼뜩 놀라며 물었다.

“아토가 당신 집에서 다닐 때부터 자주 자리를 비웁니다. 월요일에는 항상 당신 집에 있어요. 쉼터 친구들과 선생님들도 알고 있는 일입니다. 그리고 이번 휴가 때도 아토는 쉼터에 없었어요.”

“죄송합니다. 아토가 월요일에 쉼터에 가지 않고 제 집에 있는 건 제 잘못이기도 합니다.” 고개를 숙이고 되뇌었다. “죄송합니다.”

“그런 말씀 마세요, 키아라 씨. 그게 중요한 게 아닙니다.”

“그럼 뭐가 문제죠?” 그분이 무슨 말을 하는 건지 정말 이해할 수 없었다.

“아토는 결정을 해야 합니다. 쉼터에 계속 있든가, 아니면 쉼터를 나가든가.”

“그러니까 들어오든지 아니면 나가든지. 문에 버티고 있으니 지나갈 수가 없잖아.” 나는 그만 생각을 큰 소리로 말해 버렸다.

“네?”

“아니에요, 아니에요.”

“키아라 씨.” 피사카네 선생님이 갑자기 지난 번 전화할 때처럼 신중하게 말했다. “키아라 씨, 아토가 졸업할 때까지만이라도 당신과 살 수 없을까요?”

“아토가, 저랑요?” 아토가, 나랑.

“당신 집을 드나들고부터 아토가 부쩍 좋아졌어요. 옛날보다 더 밝아졌고, 과거의 고통도 많이 이겨 냈어요. 자기 공부에만 몰두하지도 않고요. 제가 보기에 당신도 아토와 단단하게 연결되어 있고, 그래서 더욱 강해진 것 같아요.”

“맞아요.” 물론 피사카네 선생님도 지난 1년간 내가 겪은 일을 알고 있었다. 그 사실을 알려야 우리 사이에 신뢰가 생길 수 있었으며, 아토가 주말에 내 집에 와 있을 수가 있었다.

“아토가 당신 집으로 이사를 해도 별로 달라질 것은 없어요. 이미 아토를 경제적으로 후원하고 계시니 말이에요.” 그건 사실이다. “아토는 독립심이 강하고, 이젠 열아홉 살이에요. 아토를 돌보는 일이 모든 것을 해 줘야 하는 어린애를 돌보는 것처럼 힘들지는 않을 겁니다. 그래도 책임감은 있어야 합니다. 강한 책임감이요. 말하자면 아들이 생긴 것과 같아요. 이유식을 뗀 큰 아들 말입니다. 아무튼 아들입니다. 알고 계시죠?”

맨몸으로 뛰어오르기

"……박사님, 좋다고 말했어요. 저도 알고 있었거든요."

"어려운 일입니다."

"바보 같다고 생각하시겠지만, 대답하기 전에 시계를 봤어요. 피사카네 선생님이 아토 얘기를 하신지 정확히 10분이 지나서야 아토를 맡아 줄 수 있는지 물었어요. 일 분이 더 지났거나, 일 분 전도 아니었어요. 그래서 깨달았어요. 오늘의 10분 게임은 바로 이것이어야 한다. 그래서 10분 게임이 된 거예요."

"다시 말하지만, 어려운 일입니다."

"그래요?" T박사가 어려운 일이라고 말할 때의 눈동자를 보니, 다른 이야기를 하고 싶은 눈치였다. 좋은 말을 하고 싶은 것 같았다. 바로 이런 말이 하고 싶은 듯했다. "저도 책임감을 느낍니다. 하지만……."

"하지만?"

"하지만 받아들이려고 노력할 필요가 없는 사람들도 있어요. 우리도 모르는 사이에 이미 우리 삶의 일부가 된 사람들이 있답니다. 그 사이 우리는 딴 생각을 하고 있었는데도 말이에요."

"그러네요."

"아토는 이미 내 삶의 일부가 됐어요. 일주일에 사흘 반나절을 같이 지내다가 이젠 일주일 내내 같이 지내게 된 것 뿐이랍니다."

"그러네요."

"마찬가지로 애써 우리 삶에서 밀어낼 필요가 없는 사람들도 있어요. 사실 벌써 나가 버렸어요. 그들도 우리가 모른 사이에 나갔어요."

"남편을 말씀하시는군요."

"네. 새해에 남편이 그런 제안을 했을 때, 이런 표현을 써도 좋을지 모르겠지만, 누군가 한 손으로 내 목을 세게 조르는 것 같았어요. 아주 세게."

"……."

"많이 울었어요. 울음을 멈출 수가 없었어요. 평소와 성격이 다른 눈물이었어요. 이건 눈물이 아니라 천식으로 발작을 하는 것 같았어요. 야만적이고 원초적인 어떤 것이랄까. 설명할 방법이 없네요. 그런 어리석은 제안을 받은 것이 불쾌해서 운 것은 아니었습니다. 남편이 말하고 있는 여자는 나를 말하는 것이었지만, 이젠 내가 그런 여자가 아니어서 눈물이 났습니다. 그렇게 말하는 남편이 내가 사랑했던 남자가 아니어서 눈물이 났습니다. 앞으로도 사랑할 남자가 아니어서. 남편하고는 성숙한 사랑을 못할 겁니다. 박사님……."

"말씀하세요."

"변화는 죽음이에요."

"키아라 씨?"

"네?"

"변화는 생명입니다."

"……."

"……."

"에고랜드를 다시 생각해 봤어요."

"맞아요, 에고랜드. 당신 소설의 제목이죠."

"네. 모든 집을 단색으로 칠한 도시예요. 소문자가 아닌 대문자로 시작하는 에고랜드입니다."

"그렇겠죠. 바로 도시의 이름이지요."

"맞아요. 문제는 제가 항상 그렇게 생각해 왔다는 거예요. 대문자로."

"예를 들면요?"

“예전에 쓰던 잡지 칼럼, 나의 남편, 비카렐로 집만 소중하게 생각했습니다. 모두 대문자로. 오직 내 것이라고 여겼어요.”

“그런데요?”

“그런데 혹시라도 그 소설을 출판한다면 제목을 소문자로 시작하는 에고랜드(egoland)로 하려고요.”

“흥미롭군요.”

“너무 집착하지 말아야 할까요? 겁나지만, 그래야겠죠.”

“……”

“오늘은 10분 게임 마지막 날이에요.”

“알아요.”

“이걸 하면서 놀란 건……”

“그건?”

“새로 알게 된 것이 아니에요.”

“그럼 뭐죠?”

“10분을 채울 수 있는 일이 무궁무진하다는 걸 알고 깜짝 놀랐어요. 그걸 하려고 마음만 집중한다면 말이에요.”

“그래서요?”

“그래서 더욱 놀라운 것은 모든 것이 이미 거기 있었다는 거예요. 가령 쉼터, 어머니, 잔피에트로, 엘리사, 쟈다, 안나리사, 크리스마스 파티 때 온 손님 여든아홉 명은 새로운 사람들이 아니거든요. 상점들은 내 집에서 아주 가까웠고요. 소설도 쓰지 못할 줄 알았는데, 이제 보니 포기하지만 않는다면 분명히 쓸 수 있더라고요. 아무튼, 박사님.”

“아무튼?”

“지금 제겐 사랑하는 사람이 없어요. 마음 편히 내 집이라 할 만한 집도 없고, 그렇게 좋아했던 일도 없어요. 마음 붙일 것이 없죠. 그래도 그 주변을 맴도는 인생이 그리 나쁘지는 않아요.”

“키아라 씨, 우리의 인생만 염두에 두면 됩니다. 마음을 붙이면 우리 인생이 되고, 인생의 바퀴는 굴러갑니다.”

“박사님?”

“네?”

“시시각각 너무 복잡해요. 막 남편과 헤어졌고, 지금 막 아들을 입양했어요.”

“그럴 것 같군요.”

“…….”

“그래서요, 키아라 씨? 오늘은 최후의 순간을 위해 무슨 생각을 하셨나요?”

“바이올리니스트 친구, 로드리고가 로마에 다시 왔어요. 안토니오 렛차 공연 티켓을 주었어요. 잘 아는 사람이래요. 선생님도 아세요?”

“네.”

“저는 한 번도 본 적이 없어요. 이번은 아주 특별한 공연이 될 것 같아요. 연극 이름은 「인생의 교차점 X」예요. 매일 저녁 렛차가 관람객에게 두 명만 무대 위로 올라오라고 한대요. 10분 동안 무대 위에 올라오면, 렛차는 독백을 한대요. 오늘 저녁에는 로드리고 덕분에 우리가 무대에 올라가게 생겼어요. 아토하고 저하고요."

안토니오 렛차는 외모가 독특하다. 눈동자에 환영이 가득하고, 활력이 넘쳐 집요하게 세상과 소통하려 한다.

안토니오 렛차와 늘 공동으로 작업하고 제작과 무대 미술을 맡고 있는 플라비아 마스트렐라가 극장 앞에서 우리를 맞아 주었다.

요즘 예술가란 말이 흔하게 남용되고 있지만, 분장실에서 그들의 논쟁과 행동을 보고 있노라니 이거 하나는 확실하다. 안토니오와 플라비아는 진짜 예술가다. 안토니오가 우리에게 다가오더니 로드리고와 포옹을 했다.

「인생의 교차점 X」는 인간이라면 누구나 경험하기 마련인 단순화의 기괴함과 필연성을 말하는 연극이다. 정확히 말해 파편화된 인간을 말하는 연극이다. 나라는 자아는 우리의 친구가 될 것 같지만, 사실은 우리 자신을 사라지게 한다. "우리는 아내가 되고, 남편이 되고, 마리오가 되고, 안토니오가 되고, 키아라가 됩니다. 특히 그렇게 믿고 살아요." 렛차의 말을 듣고 보니 이런 생각이 들었다. 갈래머리를 하고 영원히 두려움에 떠는 어린 소녀라고 믿고 사는 것이겠지.

플라비아는 무대에 빛을 연상시키는 거대한 빔 두 개를 설치했다. 천으로 길게 만든 것인데 무대 양쪽 끝에 설치되어 있었다. 보기만 해도 자신의 정체성을 깨달을 것 같은 해방감을 안겨 주는 동시에 감옥처럼 답답한 감정을 안겨 주기도 했다.

넋 나간 표정으로 안토니오의 말에 귀 기울이는데, 안토니오가 아토와 내게 물었다. "오늘 저녁 무대에 올라오실 분들인가요?"

네, 그렇습니다.

"좋아요. 옷을 벗고 따라오세요. 언제 어떻게 무대에 올라올지 알려드릴게요."

"옷을 벗으라고요?" 내가 물었다.

"옷을 벗으라고요?" 아토도 똑같이 말했다.

"네." 안토니오가 얼른 덧붙인다. "이번 연극은 배신을 말하고 있어요. 파경에 처한 부부, 로코와 리타를 얘기합니다. 제가 연기를 하는 동안 무대로 올라온 남자와 여자는 상반신만이라도 옷을 벗어야 합니다. 로드리고가 이런 얘기를 안 했어요?"

로드리고는 그 얘기를 하지 않았다.

하지만 옷을 벗지 않아도 황당하고, 안토니오가 보는데 옷을 안 벗겠다고 소란을 피울 수도 없어서 차라리 옷을 벗었다.

그랬다.

이보다 더 자발적으로 하는 일은 없다는 듯이.

아토 뒤에 서서 안토니오를 따라 무대 뒤로 갔다.

자리에 앉아서 방이 어두워지기를 기다렸다. 무대에 조명이 들어오고, 안토니오가 배신을 말하는 독백을 시작하기를 기다렸다.

아토에게 미소를 지으며 속삭였다. "우리 차례야."

우리는 무대로 올라갔다.

옷을 벗고.

플라비아가 설치한 천 뒤에 각자 들어가 웅크리고 앉았다.

안토니오 렛차가 과격한 말과 계시가 담긴 시로 무대를 압도하다가, "리타" 하고 이름을 부르면 뛰어올라 갈 준비를 하며 기다렸다.

인간은 원래 잘못된 것을 믿는다. 그것은 사실이다.

하지만 원래 필요한 것을 보면 겁을 먹기도 한다.

이별한다고 해서 우리가 겪었던 경험이 강제로 사라지는 것은 아니다.

오히려 그런 경험이 영원히 지속될 수 있다.

비카렐로의 집, 남편, 잡지 칼럼을 생각해 보았다.

나처럼 몸을 웅크리고 안토니오 렛차가 "로코" 하면 무대로 올라가려고 기다리는 아토를 보았다.

지금까지 어떻게 살았는지, 앞으로 어떻게 살 것인지, 지금 어떻게 살고 있는지 생각해 보았다.

삶을 무한정 단순하게 만들면 그 안에서 보호받을 수 있을 것이라고 믿지만 실제로는 그 안에서 길을 잃는다. 우리 뒤에 설 수 없고 항상 앞장서 있어서 우리가 속임수를 쓸 수 없는 것이 딱 하나가 있다.

그건 바로 시간이다.

행복할 때면 별거 아니다.

하지만 절망스러운 상황에 빠지면 아주 큰 것이 된다.

어쨌거나 시간은 거기 있다.

고단하나, 놀랍게 계속 이어지는 10분 게임도 함께 한다.

10분 게임을 할 때 하고 싶은 일을 할 많은 기회가 생긴다.

그러나 그 기회를 잡을 수 없을 때가 있다.

오히려 불행을 느낄 때도 있다.

그때는 속고 있는 것이다.

천만 다행으로 내가 나갈 때가 되었다.

안토니오 렛차가 "리타"를 부른다.

무대로 뛰어올라 가야 한다.

맨몸으로.

뛰어오르기.

그래도 괜찮다.

10분이면
만날 거야

일기를 마지막으로 쓴 지도 이제 1년이 지났다.

6월에 아토가 위 학년으로 진급했다. 6점짜리 한 과목, 불합격한 과목을 제외하고, 모든 과목에서 7점을 받았다.

쓰레기를 버린다고 하고는 승강기에 깜박 두고 내리거나, 내가 밖에서 저녁 식사 약속이 있을 때 집에서 밥을 먹는다고 해 놓고는 굶고 있을 때처럼 피가 거꾸로 솟을 때도 있다.

하지만 우리는 대체로 잘 지내고 있다.

학교가 버스로 네 정거장이라 로마 집 임대 기간을 2년 더 연장했다.

1월 말에 상추 싹이 돋아나기 시작했다.

고추는 도무지 싹이 돋지 않았다.

잔피에트로는 러시아 애인 미하일과 동거를 시작했다.

남편은 방을 빌려 쓰고 있는 친구의 전 부인과 사귀었다.

그러다 헤어지고 방을 빌려 쓰고 있는 친구의 전 부인의 친구와 사귀었다.

그러고는 또 헤어졌다. 8월에 남편은 모히토를 만들러 뉴욕에 갔다.

그 후로는 소식을 알 수 없었다.

그동안 운전 면허증을 땄고, 소설을 출판했고, 잡지 칼럼을 새로 맡았다. 이게 무슨 운명의 장난인지 모르겠지만, 한 잡지사에서 「마음의 편지」를 맡아 달라고 연락이 왔다.

마음이 평온한 날도 있고, 너무 슬픈 날도 있다.

불행히도 아직까지 애인을 새로 사귀지는 못했다.

작년에 있었던 일을 자주 돌이켜 본다.

세상에 바이올린을 연주하는 사람이 있고, 기저귀를 가는 사람이 있고, 아마추어 포르노 영화를 찍는 사람이 있고, 힙합을 가르치는 사람이 있고, 씨를 뿌리는 사람, 『해리 포터』를 읽는 사람이 있는데, 70억 인구 중에 나 하나 기다리는 사람이 없을까? 10분이면 그 사람을 만날 것이다.